微生尽恋
人间乐

汪曾祺 史铁生 梁实秋 等著

— 苟敏 编选

台海出版社

图书在版编目（CIP）数据

微生尽恋人间乐 / 汪曾祺等著 ; 苟敏编选.
北京 : 台海出版社, 2025. 8. -- ISBN 978-7-5168
-4309-3

Ⅰ. I267

中国国家版本馆CIP数据核字第20252KW919号

微生尽恋人间乐

著　　者：汪曾祺等　　编 选 者：苟　敏

责任编辑：俞滟荣　　策划编辑：潘江祥

出版发行：台海出版社
地　　址：北京市东城区景山东街20号　　邮政编码：100009
电　　话：010-64041652（发行，邮购）
传　　真：010-84045799（总编室）
网　　址：www.taimeng.org.cn/thcbs/default.htm
E-mail：thcbs@126.com

经　　销　全国各地新华书店
印　　刷　三河市兴博印务有限公司
本书如有破损、缺页、装订错误，请与本社联系调换

开　　本：889毫米×1194毫米　　1/32
字　　数　160千字　　印　　张：8
版　　次：2025年8月第1版　　印　　次：2025年8月第1次印刷
书　　号：ISBN 978-7-5168-4309-3

定　　价：58.00元

《富贵有期》 齐白石作

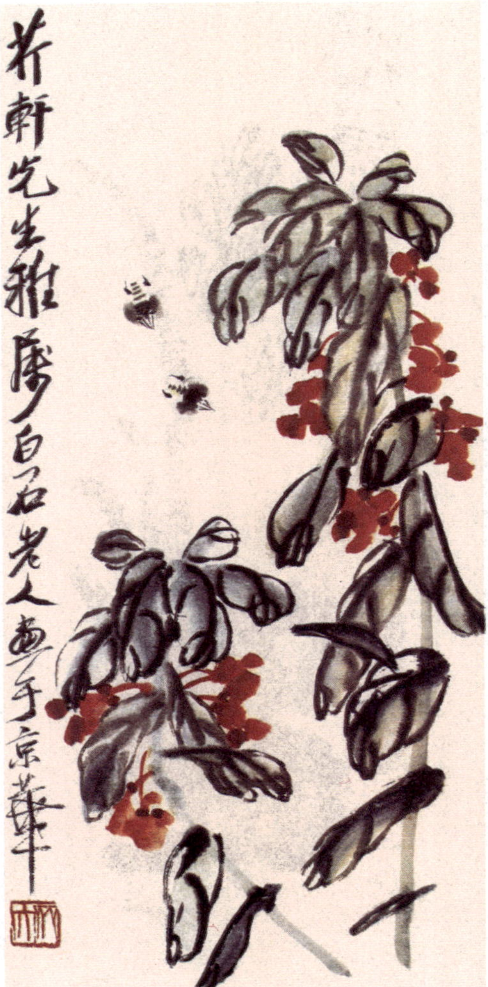

《风仙花》 齐白石作

《白菜蝈蝈》　齐白石作

《果实》 齐白石作

编选说明

EDIT MEMO

《微生尽恋人间乐》精选了汪曾祺、史铁生、梁实秋等中国名家的经典散文作品35篇，是多位散文大家的文字集锦，用隽永洒脱之笔叙说着生命历程，到阳光下去生活，去找到生活的甜。其中多篇文章为央视《朗读者》诵读，《人民日报》多次推荐，是一部充满了深刻生命体验和智性思考的生活之书。

书中所录文章以各个作家在人民文学出版社所出版本为底本，参考了包括作家出版社、译林出版社、北京十月文艺出版社等多部不同年份出版的读本编辑而成，为最大程度上保留原作精髓，对部分字词及标点符号用法，譬如“的、得、地”都依循了原作。因所选文章成书年份不同，书中不同篇目中的字词用法并不统一，特此说明。

本书以叙述作家们的智性思考为主线，原汁原味原貌地呈现了《造屋为人》《湘行二记》《我二十一岁那年》等经典篇目，精华之选，以飨读者。

苟敏于西安

2025年7月15日

目录

CONTENTS

辑一 我从未如此眷恋人间

辑二 我要乱七八糟的活着

辑三 去有风的旷野

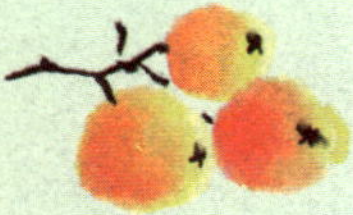

辑四　等一切风平浪静

辑五 岁月欢喜一步步

辑六 心安即是归处

辑一

我从未如此眷恋人间

造屋为人

汪曾祺

世界上有各种样房屋，各有各的用处，形制也就不同。长城为了防御（如果把长城也算是房屋），太和殿是为了皇帝临朝议政的，午门是为了献俘，祈年殿为了祈年。外国的，凯旋门是为了纪念战功，白宫是总统办公室。比萨斜塔是干什么用的，我就不知道了。但是绝大多数的房屋是为了住人的。从鄂温克族的“撮罗子”、内蒙草原的蒙古包，到故宫的御花园，都是如此。

住房的风格是和人的精神、人的生活意识、文化意识相一致的。北京的四合院是典型的中国人的住宅，是一种保守的建筑形式。“四合院”的精义在一个“合”字。中国人讲究“睦邻”——处街坊，街坊以外，就很少往来。

我到皖南黟县参观过古民居，民居多低小，堂屋，两厢都小。那么小小的房子还要盖出一楼一底，走进去好像连腰都伸不直。通风、采光都不好，大上午，房间里光线也像是黄昏了，黑洞洞的，这样小的房子，门窗、隔扇却都雕镂得很精细。这样的民居比北京的四合院还要保守，这种民居格局也反映出商人思想的保守——民居主人多为商人，善做木材生意。有一家堂屋里挂了一幅朱红的木刻对联，联文如下："做官好，为商好，学好便好；创业难，守成难，知难不难"，这对联的核心是"守成"。美国的民居大都是一家一座，一家跟一家不挨着，没有围墙，但是门窗都紧闭着，看不见里面的主人在干什么。我问过美国人："你们干嘛要把房子盖成这样？"美国人说："我们都是个人主义者，不愿意叫人干扰我们的生活。"在美国，倘非事前约好，是不能随便上人家串门聊天的。

这几年，北京盖了不少居民楼，对缓解房屋紧张起了很大的作用，是市府的一项德政。但是千篇一律，从外到内，都是一样。怎样使民居体现社会主义精神文明，这还是一个值得研究的问题。

我的理想的居室是什么样的呢？一要比较宽敞，也不要太大。苏州的拙政园，我就觉太大了，而且散漫无章法。网师园就挺好，也开阔，也幽深，小巧玲珑，便于闲坐待客。我现在的房子过于仄逼，到处是书，几无下脚处。要写点东西，得把桌上的书报搬到床上堆着，晚上睡觉再搬回桌上。我的书大部分不上架，我自己写的书有一些收到后不能开封，只好在墙角码起来。我希望有一间大一点的书斋，除了书桌，还放得下写字画画的案子。希望在设计时就安排好摆书橱、挂字画的地方，这样才像一个知识分子的家。另外，要有个能坐下七八个客人的会客室；厨房也要稍大一些，伸手够得着坛坛罐罐——我是自己做饭的。但是什么时候才能实现我的理想呢？尝作打油诗自嘲：

年年岁岁一床书，
弄笔晴窗且自娱。
更有一般堪笑处，
六平方米作郇厨。

等着吧。“面包会有的，什么都会有的”。

一九九五年十月十五日

他乡寄意

汪曾祺

抗日战争时期，昆明重庆流传一则谜语：航空信——打一地名。谜底是：高邮。这说明知道我的家乡的人还是不少的。但是多数人对我的家乡的所知，恐怕只限于我们那里出咸鸭蛋，而且有双黄的。我遇到很多外地人问过我：你们那里为什么出双黄鸭蛋？我也回答过，说这和鸭种有关；我们那里水多，小鱼小虾多，鸭吃多了小鱼小虾，爱下双黄蛋。其实这是想当然耳。直到现在，我也说不清这是什么道理。敝乡真是“小地方”，经济、文化都比较落后，只落得以产双黄鸭蛋而出名，悲哉！

我的家乡过去是相当穷的。穷的原因是多水患。我们那里是水乡。人家多傍水而居，出门就得坐船。秦少游诗云："菰蒲深处疑无地，忽有人家笑语声"，大抵里下河一带都是如此。县城的西面是运河，运河西堤外便是高邮湖。运河河身高，几乎是一条"悬河"，而县境的地势低，据说运河的河底和县城的城墙一般高。这可能有一点夸张。但我们小时候到运河堤上去玩，站在河堤上，是可以俯瞰下面人家的屋顶的。城里的孩子放风筝，风筝飘在堤上人的脚底下。这样，全县就随时处在水灾的威胁之中。民国二十年的大水我是亲历的。湖水侵入运河，运河堤破，洪水直灌而下，我家所住的东大街成了一条激流汹涌的大河。这一年水灾，毁坏田地房屋无数，死了几万人。我在外面这些年，经常关心的一件事，是我的家乡又闹水灾了没有？前几年，我的一个在江苏省水利厅当总工程师的初中同班同学到北京开会，来看我。他告诉我：高邮永远不会闹水灾了。我于是很想回去看看。我19岁离乡，在外面已40多年了。

苏北水灾得到根治，主要是由于修建了江都水利枢纽和苏北灌溉总渠。这是两项具有全国意义的战略性的水利工程，我的初中同班同学是参与这两项工程的主要设计者之一。我参观了江都水利枢纽，对那些现代化的机械一无所知，只觉得很壮观。但是我知道，从此以后，运河水大，可以泄出；水少，可以从长江把水调进来，不但旱涝无虞，而且使多少万人的生命得到了保障。呜呼，厥功伟矣！

我在家乡住了约一个星期。每天早起，我都要到运河堤上走一趟。运河拓宽了。小时候我们过运河去玩，由东堤到西堤，两篙子就到了。现在西门宝塔附近的河面宽得像一条江。我站在平整坚实的河堤上，看着横渡的轮船，拉着汽笛，悠然驶过，心里说不出的感动。

县境内的河也都经过统一规划，综合治理了，交通、灌溉都很方便。很多地方都实现了电力灌溉。我看了几份材料，都说现在是“要水一声喊，看水穿花鞋”。这两句话有点大跃进的味道，而且现在的妇女也很少穿花鞋的。不过过去到处可见的长到32轧的水车和凉亭似的牛车棚确实看不到了。我倒建议保留一架水车，放在博物馆里，否则下一辈人将不识水车为何物。

由于水利改善，粮食大幅度地增产了。过去我们那里的田，打500斤粮食，就算了不起了；现在亩产千斤，不成问题。不少地方已达“吨粮”——亩产两千斤。因此，农民的生活大大提高了。很多人家盖起了新房子，砖墙、瓦顶、玻璃窗，门外种着西番莲、洋菊花。农村姑娘的衣着打扮也很入时，烫发、皮鞋，吓！

不过粮食增产有到头的时候。两千斤粮食又能卖多少钱呢？单靠农业，我们那个县还是富不起来的。希望还在发展工业上。我希望地方的有识之士动动脑筋。也可以把在外面工作的内行请回去出出主意。到2000年，我的故乡应当会真正变个样子，成为一个开放型的城市。这样，故乡人民的心胸眼界才有可能开阔起来，摆脱小家子气。

我们那个县从来很难说是人文荟萃之邦。不但和扬州、仪征不能比，比兴化、泰州也不如。宋代曾以此地为高邮军，大概繁盛过一阵，不少文人都曾在高邮湖边泊舟，宋诗里提及高邮的地方颇多。那时出过鼎鼎大名，至今为故人引为骄傲的秦少游，还有一位孙莘老。明代出过一个散曲家兼画家的王西楼（磐）。清代出过王氏父子——王念孙、王引之。还有一位古文家夏之蓉。此外，再也数不出多少名人了。而且就是这几位名人，也没有在我的家乡产生多大的影响。秦少游没有留下多少遗迹。原来的文游台下有一个秦少游读书处，后来也倒塌了。连秦少游老家在哪里，也都搞不清楚，实在有点对不起这位绝代词人。听说近年发现了秦氏宗谱，那么这个问题可能有点线索了吧。更令人遗憾的是历代研究秦少游的故乡人颇少。我上次回乡看到一部《淮海集》，是清版。我们县应该有一部版本较好的《淮海集》才好。近年有几位青年有志于研究秦少游，地方上应该予以支持。王西楼过去知道的人更少。我小时候在家乡就没有读过一首王西楼的散曲，只是现在还流传一句有地方特点的歇后语："王西楼嫁女儿——话（画）多银子少。"《王西楼乐府》最初是在高邮刻印的，最好能找到较早的版本。我希望家乡能出一两个王西楼专家。散曲的谱不是很难找到，能不能把王西楼的某些散曲，比如那首有名的《唢呐》，翻成简谱在县里唱一唱？如果能组织一场王西楼散曲演唱晚会，那是会很叫人兴奋的。王念孙父子在清代训诂学界影响很大，号称"高邮王氏之学"。但是我的很多家乡人只知道"独旗杆王家"，至于王家是怎么回事，就不大了然了。我也希望故乡有人能继承光大王氏之学。前年高邮在王氏旧宅修建了高邮王氏纪念馆，让我写字，我寄去一副对联："一代宗师，千秋绝学；二王馀韵，百里书声"，下联实是我对于乡人的期望。

以上说的是传统文化。对于现代科学，我们高邮人做出贡献的也有。比如孙云铸，是世界有名的古生物学家、地层学家。他的《中国北方寒武纪动物化石》是我国第一部古生物学专著。我初到昆明时，曾到他家去过。他家桌上、窗台上，到处都是三叶虫化石。这是一位很纯正的学者。可是故乡人知道他的不多。高邮拟修县志，我希望县志里有孙云铸的传。我也希望故乡的后辈能继承老一辈严谨的治学精神。

我们县是没有多少名胜古迹的。过去年代较久，建筑上有特点的，是几座庙：承天寺、天王寺、善因寺。现在已经拆得一点不剩了。西门宝塔还在，但只是孤伶伶的一座塔，周围是一片野树。高邮的“刮刮老叫”的古迹是文游台，这是苏东坡、秦少游等名士文酒雅集之地，我们小时候春游远足，总是上文游台。登高四望，烟树帆影、豆花芦叶，确实是可以使人胸襟一畅的。文游台在敌伪时期，由一个姓王的本地人县长重修了一次，搞得不像样子。重修后的奎楼、公园也都不理想。请恕我说一句直话：有点俗。听说文游台将重修，不修便罢，修就修好。文游台既是宋代的遗迹，建筑上要有点宋代的特点。比如：大斗拱、素朴的颜色。千万不要因陋就简，或者搞得花花绿绿的。

我离乡日久，鬓毛已衰，对于故乡一无贡献，很惭愧。《新华日报》约我为“故乡情”写稿，略抒芹意，希望我的乡人不要见怪。

一九八六年八月二十八日北京

我二十一岁那年

史铁生

友谊医院神经内科病房有十二间病室，除去1号2号，其余十间我都住过。当然，绝不为此骄傲。即便多么骄傲的人，据我所见，一躺上病床也都谦恭。1号和2号是病危室，是一步登天的地方，上帝认为我住那儿为时尚早。

十九年前，父亲搀扶着我第一次走进那病房。那时我还能走，走得艰难，走得让人伤心就是了。当时我有过一个决心：要么好，要么死，一定不再这样走出来。

正是晌午，病房里除了病人的微鼾，便是护士们轻极了的脚步，满目洁白，阳光中飘浮着药水的味道，如同信徒走进了庙宇，我感觉到了希望。一位女大夫把我引进10号病室。她贴近我的耳朵轻轻柔柔地问："午饭吃了没？”我说：“您说我的病还能好吗？”她笑了笑。记不得她怎样回答了，单记得她说了一句什么之后，父亲的愁眉也略略地舒展。女大夫步履轻盈地走后，我永远留住了一个偏见：女人是最应该当大夫的，白大褂是她们最优雅的服装。

那天恰是我二十一岁生日的第二天。我对医学对命运都还未及了解，不知道病出在脊髓上将是一件多么麻烦的事。我舒心地躺下来睡了个好觉。心想：十天，一个月，好吧就算是三个月，然后我就又能是原来的样子了。和我一起插队的同学来看我时，也都这样想，他们给我带来很多书。

10号有六个床位。我是6床。5床是个农民，他天天都盼着出院。“光房钱一天一块一毛五，你算算得啦，”5床说，“‘死病’值得了这么些？”3床就说：“得了嘿，你有完没完！死死死，数你悲观。”4床是个老头，说：“别介别介，咱毛主席有话啦——既来之，则安之。”农民便带笑地把目光转向我，却是对他们说：“敢情你们都有公费医疗。”他知道我还在与贫下中农相结合。1床不说话，1床一旦说话即可出院。2床像是个有些来头的人，举手投足之间便赢得大伙儿的敬畏。2床幸福地把一切名词都忘了，包括忘了自己的姓名。2床讲话时，所有名词都以“这个”“那个”代替，因而讲到一些轰轰烈烈的事迹却听不出是谁人所为。4床说：“这多好，不得罪人。”

我不搭茬儿。刚有的一点儿舒心顷刻全光。一天一块多房钱都要从父母的工资里出，一天好几块的药钱、饭钱都要从父母的工资里出，何况为了给我治病家中早已是负债累累了。我马上就想那农民之所想了：什么时候才能出院呢？我赶紧松开拳头让自己放明白点儿：这是在医院不是在家里，这儿没人会容忍我发脾气，而且砸坏了什么还不是得用父母的工资去赔？所幸身边有书，想来想去只好一头埋进书里去，好吧好吧，就算是三个月！我平白地相信这样一个期限。

可是三个月后我不仅没能出院，病反而更厉害了。

那时我和2床一起住到了7号。2床果然不同寻常，是位局长，十一级干部，但还是多了一级，非十级以上者无缘去住高干病房的单间。7号是这普通病房中唯一仅设两张病床的房间，最接近单间，故一向由最接近十级的人去住。据说刚有个十三级从这儿出去。2床搬来名正言顺。我呢？护士长说是“这孩子爱读书”，让我帮助2床把名词重新记起来。“你看他连自己是谁都闹不清了。”护士长说。但2床却因此越来越让人喜欢。因为“局长”也是名词也在被忘之列，我们之间的关系日益平等、融洽。有一天他问我：“你是干什么的？”我说：“插队的。”2床说他的“那个”也是，两个“那个”都是，他在高出他半个头的地方比划一下：“就是那两个，我自己养的。”“您是说您的两个儿子？”他说对，儿子。他说好哇，革命嘛就不能怕苦，就是要去结合。他说：“我们当初也是从那儿出来的嘛。”我说：“农村？”“对对对。什么？”“农村。”“对对对农村。别忘本呀！”我说是。我说：“您的家乡是哪儿？”他于是抱着头想好久。这一回我也没办法提醒他。最后他骂一句，不想了，说：“我也放过那玩意儿。”他在头顶上伸直两个手指。“是牛吗？”他摇摇头，手往低处一压。“羊？”“对了，羊。我放过羊。”他躺下，双手垫在脑后，甜甜蜜蜜地望着天花板老半天不言语。大夫说他这病叫做“角回综合征，命名性失语”，并不影响其他记忆，尤其是遥远的往事更都记得清楚。我想局长到底是局长，比我会得病。他忽然又坐起来：“我的那个，喂，小什么来？”“小儿子？”“对！”他怒气冲冲地跳到地上，说：“那个小玩意儿，娘个×！”说：“他要去结合，我说好嘛我支持。”说：“他来信要钱，说要办个这个。”他指了指周围，我想“那个小玩意儿”可能是要办个医疗站。他说：“好嘛，要多少？我给。可那个小玩意儿！”他背着手气哼哼地来回走，然后停住，两手一摊，“可他又要在那儿结婚！”“在农村？”“对。农村。”“跟农民？”“跟农民。”无论是根据我当时的思想觉悟，还是根据报纸电台当时的宣传倡导，这都是值得肃然起敬的。“扎根派。”我钦佩地说。“娘了个×派！”他说，“可你还要不要回来嘛！”这下我有点儿发懵。见我愣着，他又一跺脚，补充道：“可你还要不要革命？”这下我懂了，先不管革命是什么，2床的坦诚却令人欣慰。

不必去操心那些玄妙的逻辑了。整个冬天就快过去，我反倒拄着拐杖都走不到院子里去了，双腿日甚一日地麻木，肌肉无可遏止地萎缩，这才是需要发愁的。

我能住到7号来，事实上是因为大夫护士们都同情我。因为我还这么年轻，因为我是自费医疗，因为大夫护士都已经明白我这病的前景极为不妙，还因为我爱读书——在那个“知识越多越反动”的年代，大夫护士们尤为喜爱一个爱读书的孩子。他们还把我当孩子。他们的孩子有不少也在插队。护士长好几次在我母亲面前夸我，最后总是说："唉，这孩子……"这一声叹，暴露了当代医学的爱莫能助。他们没有别的办法帮助我，只能让我住得好一点儿，安静些，读读书吧——他们可能是想，说不定书中能有"这孩子"一条路。

可我已经没了读书的兴致。整日躺在床上，听各种脚步从门外走过；希望他们停下来，推门进来，又希望他们千万别停，走过去走他们的路去别来烦我。心里荒荒凉凉地祈祷：上帝如果你不收我回去，就把能走路的腿也给我留下！我确曾在没人的时候双手合十，出声地向神灵许过愿。多年以后才听一位无名的哲人说过：危卧病榻，难有无神论者。如今来想，有神无神并不值得争论，但在命运的混沌之点，人自然会忽略着科学，向虚暝之中寄托一份虔敬的祈盼。正如迄今人类最美好的向往也都没有实际的验证，但那向往并不因此消灭。

主管大夫每天来查房，每天都在我的床前停留得最久："好吧，别急。"按规矩主任每星期查一次房，可是几位主任时常都来看看我："感觉怎么样？嗯，一定别着急。"有那么些天全科的大夫都来看我，八小时以内或以外，单独来或结队来，检查一番各抒主张，然后都对我说：“别着急，好吗？千万别急。”从他们谨慎的言谈中我渐渐明白了一件事：我这病要是因为一个肿瘤的捣鬼，把它打出来切下去随便扔到一个垃圾桶里，我就还能直立行走，否则我多半就是把祖先数百万年进化而来的这一优势给弄丢了。

窗外的小花园里已是桃红柳绿，二十二个春天没有哪一个像这样让人心抖。我已经不敢去羡慕那些在花丛树行间漫步的健康人和在小路上打羽毛球的年轻人。我记得我久久地看过一个身着病服的老人，在草地上踱着方步晒太阳；只要这样我想只要这样！只要能这样就行了就够了！我回忆脚踩在软软的草地上是什么感觉？想走到哪儿就走到哪儿是什么感觉？踢一颗路边的石子，踢着它走是什么感觉？没这样回忆过的人不会相信，那竟是回忆不出来的！老人走后我仍呆望着那块草地，阳光在那儿慢慢地淡薄，脱离，凝作一缕孤哀凄寂的红光一步步爬上墙，爬上楼顶……我写下一句歪诗：轻拨小窗看春色，漏入人间一斜阳。日后我摇着轮椅特意去看过那块草地，并从那儿张望7号窗口，猜想那玻璃后面现在住的谁？上帝打算为他挑选什么前程？当然，上帝用不着征求他的意见。

我乞求上帝不过是在和我开着一个临时的玩笑——在

我的脊椎里装进了一个良性的瘤子。对对，它可以长在椎管内，但必须要长在软膜外，那样才能把它剥离而不损坏那条珍贵的脊髓。“对不对，大夫？”“谁告诉你的？”“对不对吧？”大夫说：“不过，看来不太像肿瘤。”我用目光在所有的地方写下“上帝保佑”，我想，或许把这四个字写到千遍万遍就会赢得上帝的怜悯，让它是个瘤子，一个善意的瘤子。要么干脆是个恶毒的瘤子，能要命的那一种，那也行。总归得是瘤子，上帝！

朋友送了我一包莲子，无聊时我捡几颗泡在瓶子里，想，赌不赌一个愿？——要是它们能发芽，我的病就不过是个瘤子。但我战战兢兢地一直没敢赌。谁料几天后莲子竟都发芽。我想好吧我赌！我想其实我压根儿是倾向于赌的。我想倾向于赌事实上就等于是赌了。我想现在我还敢赌——它们一定能长出叶子！（这是明摆着的。）我每天给它们换水，早晨把它们移到窗台西边，下午再把它们挪到东边，让它们总在阳光里；为此我抓住床栏走，扶住窗台走，几米路我走得大汗淋漓。这事我不说，没人知道。不久，它们长出一片片圆圆的叶子来。“圆”，又是好兆。我更加周到地伺候它们，坐回到床上气喘吁吁地望着它们，夜里醒来在月光中也看看它们：好了，我要转运了。并且忽然注意到“莲”与“怜”谐意，毕恭毕敬地想：上帝终于要对我发发慈悲了吧？这些事我不说没人知道。叶子长出了瓶口，闲人要去摸，我不让，他们硬是摸了呢，我便在心里加倍地祈祷几回。这些事我不说，现在也没人知道。然而科学胜利了，它三番五次地说那儿没有瘤子，没有没有。果然，上帝直接在那条娇嫩的脊髓上做了手脚！定案之日，我像个冤判的屈鬼那样疯狂地作乱，挣扎着站起来，心想干吗不能跑一回给那个没良心的上帝瞧瞧？后果很简单，如果你没摔死你必会明白：确实，你干不过上帝。

我终日躺在床上一言不发，心里先是完全的空白，随后由着一个死字去填满。王主任来了。（那个老太太，我永远忘不了她。还有张护士长。八年以后和十七年以后，我两次真的病到了死神门口，全靠这两位老太太又把我抢下来。）我面向墙躺着，王主任坐在我身后许久不说什么，然后说了，话并不多，大意是：还是看看书吧，你不是爱看书吗？人活一天就不要白活。将来你工作了，忙得一点儿时间都没有，你会后悔这段时光就让它这么白白地过去了。这些话当然并不能打消我的死念，但这些话我将受用终生，在以后的若干年里我频繁地对死神抱有过热情，但在未死之前我一直记得王主任这些话，因而还是去做些事。使我没有去死的原因很多（我在另外的文章里写过），“人活一天就不要白活”亦为其一，慢慢地去做些事于是慢慢地有了活的兴致和价值感。有一年我去医院看她，把我写的书送给她，她已是满头白发了，退休了，但照常在医院里从早忙到晚。我看着她想，这老太太当年必是心里有数，知道我还不至于去死，所以她单给我指一条活着的路。可是我不知道当年我搬离7号后，是谁最先在那儿发现过一团电线？并对此做过什么推想？那是个秘密，现在也不必说。假定我那时真的去死了呢？我想找一天去问问王主任。我想，她可能会说“真要去死那谁也管不了”；可能会说“要是你找不到活着的价值，迟早还是想死”；可能会说“想一想死倒也不是坏事，想明白了倒活得更自由”；可能会说“不，我看得出来，你那时离死神还远着呢，因为你有那么多好朋友”。

友谊医院——这名字叫得好。“同仁”“协和”“博爱”“济慈”，这样的名字也不错，但或稍嫌冷静，或略显张扬，都不如“友谊”听着那么平易、亲近。也许是我的偏见。二十一岁末尾，双腿彻底背叛了我，我没死，全靠着友谊。还在乡下插队的同学不断写信来。软硬兼施劝骂并举，以期激起我活下去的勇气；已转回北京的同学每逢探视日必来看我，甚至非探视日他们也能进来。“怎进来的你们？”“咳，闭上一只眼睛想一会儿就进来了。”这群插过队的，当年可以凭一张站台票走南闯北，甭担心还有他们走不通的路。那时我搬到了加号。加号原来不是病房，里面有个小楼梯间，楼梯间弃置不用了，余下的地方仅够放一张床，虽然窄小得像一节烟筒，但毕竟是单间，光景固不可比十级，却又非十一级可比。这又是大夫护士们的一番苦心，见我的朋友太多，都是少男少女难免说笑得不管不顾，既不能影响了别人又不可剥夺了我的快乐，于是给了我十点五级的待遇。加号的窗口朝向大街，我的床紧挨着窗，在那儿我度过了二十一岁中最惬意的时光。每天上午我就坐在窗前清清静静地读书，很多名著我都是在那时读到的，也开始像模像样地学着外语。一过中午，我便直着眼睛朝大街上眺望，尤其注目骑车的年轻人和5路汽车的车站，盼着朋友们来。有那么一阵子我暂时忽略了死神。朋友们来了，带书来，带外面的消息来，带安慰和欢乐来，带新朋友来，新朋友又带新的朋友来，然后都成了老朋友。以后的多少年里，友谊一直就这样在我身边扩展，在我心里深厚。把加号的门关紧，我们自由地嬉笑怒骂，毫无顾忌地议论世界上所有的事，高兴了还可以轻声地唱点儿什么——陕北民歌，或插队知青自己的歌。晚上朋友们走了，在小台灯幽寂而又喧嚣的光线里，我开始想写点儿什么，那便是我创作欲望最初的萌生。我一时忘记了死，还因为什么？还因为爱情的影子在隐约地晃动。那影子将长久地在我心里晃动，给未来的日子带来幸福也带来痛苦，尤其带来激情，把一个绝望的生命引领出死谷；无论是幸福还是痛苦，都会成为永远的珍藏和神圣的纪念。

二十一岁、二十九岁、三十八岁，我三进三出友谊医院，我没死，全靠了友谊。后两次不是我想去勾结死神，而是死神对我有了兴趣；我高烧到四十多度，朋友们把我抬到友谊医院，内科说没有护理截瘫病人的经验，柏大夫就去找来王主任，找来张护士长，于是我又住进神内病房。尤其是二十九岁那次，高烧不退，整天昏睡、呕吐，差不多三个月不敢闻饭味，光用血管去喝葡萄糖，血压也不安定，先是低压升到一百二接着高压又降到六十，大夫们一度担心我活不过那年冬天了——肾，好像是接近完蛋的模样，治疗手段又像是接近于无了。我的同学找柏大夫商量，他们又一起去找唐大夫；要不要把这事告诉我父亲？他们决定：不。告诉他，他还不是白着急？然后他们分了工：死的事由我那同学和柏大夫管，等我死了由他们去向我父亲解释；活着的我由唐大夫多多关照。唐大夫说："好，我可以以教学的理由留他在这儿，他活一天就还要想一天办法。"当然，这些事都是我后来听说的。真是人不当死鬼神奈何其不得，冬天一过我又活了，看样子极可能活到下一个世纪去。唐大夫就是当年把我接进10号的那个大夫，就是那个步履轻盈温文尔雅的女大夫，但八年过去她已是两鬓如霜了。又过了九年，我第三次住院时唐大夫已经不在。听说我又来了，科里的老大夫、老护士们都来看我，问候我，夸我的小说写得还不错，跟我叙叙家常，唯唐大夫不能来了。我知道她不能来了，她不在了。我曾摇着轮椅去给她送过一个小花圈，大家都说："她是累死的，她肯定是累死的！"我永远记得她把我迎进病房的那个中午，她贴近我的耳边轻轻柔柔地问："午饭吃了没？"倏忽之间，怎么，她已经不在了？她不过才五十岁出头。这事真让人哑口无言，总觉得不大说得通，肯定是谁把逻辑摆弄错了。

但愿柏大夫这一代的命运会好些。实际只是当着众多病人时我才叫她柏大夫。平时我叫她"小柏"她叫我

"小史"。她开玩笑时自称是我的"私人保健医"，不过这不像玩笑这很近实情。近两年我叫她"老柏"她叫我"老史"了。十九年前的深秋，病房里新来个卫生员，梳着短辫儿，戴一条长围巾穿一双黑灯芯绒鞋，虽是一口地道的北京城里话，却满身满脸的乡土气尚未退尽。"你也是插队的？"我问她。"你也是？"听得出来，她早已知道了。"你哪届？""老初二。你呢？""我六八，老初一。你哪儿？""陕北。你哪儿？""我内蒙。"这就行了，全明白了，这样的招呼是我们这代人的专利，这样的问答立刻把我们拉近。我料定，几十年后这样的对话仍会在一些白发苍苍的人中间流行，仍是他们之间最亲切的问候和最有效的沟通方式；后世的语言学者会煞费苦心地对此做一番考证，正儿八经地写一篇论文去得一个学位。而我们这代人是怎样得一个学位的呢？十四五岁停学，十七八岁下乡，若干年后回城，得一个最被轻视的工作，但在农村待过了还有什么工作不能干的呢，同时学心不死业余苦读，好不容易上了个大学，毕业之后又被轻视——因为真不巧你是个"工农兵学员"，你又得设法摘掉这个帽子，考试考试考试这代人可真没少考试，然后用你加倍的努力让老的少的都服气，用你的实际水平和能力让人们相信你配得上那个学位——比如说，这就是我们这代人得一个学位的典型途径。这还不是最坎坷的途径。“小柏”变成“老柏”，那个卫生员成为柏大夫，大致就是这么个途径，我知道，因为我们已是多年的朋友。她的丈夫大体上也是这么走过来的，我们都是朋友了；连她的儿子也叫我“老史”。闲下来细细去品，这个“老史”最令人羡慕的地方，便是一向活在友谊中。真说不定，这与我二十一岁那年恰恰住进了“友谊”医院有关。

因此偶尔有人说我是活在世外桃源，语气中不免流露了一点儿讥讽，仿佛这全是出于我的自娱甚至自欺。我颇不以为然。我既非活在世外桃源，也从不相信有什么世外桃源。但我相信世间桃源，世间确有此源，如果没有恐怕谁也就不想再活；倘此源有时弱小下去，依我看，至少讥讽并不能使其强大。千万年来它作为现实，更作为信念，这才不断。它源于心中再流入心中，它施于心又由于心，这才不断。欲其强大，舍心之虔诚又向何求呢？

也有人说我是不是一直活在童话里？语气中既有赞许又有告诫。赞许并且告诫，这很让我信服。赞许既在，告诫并不意指人们之间应该加固一条防线，而只是提醒我：童话的缺憾不在于它太美，而在于它必要走进一个更为纷繁而且严酷的世界，那时只怕它太娇嫩。

事实上在二十一岁那年，上帝已经这样提醒我了，他早已把他的超级童话和永恒的谜语向我略露端倪。

住在4号时，我见过一个男孩。他那年七岁，家住偏僻的山村，有一天传说公路要修到他家门前了，孩子们都翘首以待好梦联翩。公路终于修到，汽车终于开来，乍见汽车，孩子们惊讶兼着胆怯，远远地看。日子一长孩子便有奇想，发现扒住卡车的尾巴可以威风凛凛地兜风，他们背着父母玩得好快活。可是有一次，只一次，这七岁的男孩失手从车上摔了下来。他住进医院时已经不能跑，四肢肌肉都在萎缩。病房里很寂寞，孩子一瘸一瘸地到处串；淘得过分了，病友们就说他："你说说你是怎么伤的？"孩子立刻低了头，老老实实地一动不动。"说呀？""说，因为什么？"孩子嗫嚅着。"喂，怎么不说呀？给忘啦？""因为扒汽车。"孩子低声说。"因为淘气。"孩子补充道。他在诚心诚意地承认错误。大家都沉默，除了他自己谁都知道：这孩子伤在脊髓上，那样的伤是不可逆的。孩子仍不敢动，规规矩矩地站着用一双正在萎缩的小手擦眼泪。终于会有人先开口，语调变得哀柔："下次还淘不淘了？"孩子很熟悉这样的宽容或原谅，马上使劲摇头：“不，不，不了！”同时松一口气了。但这一回不同以往，怎么没有人接着向他允诺“好啦，只要改了就还是好孩子”呢？他睁大眼睛去看每一个大人，那意思是：还不行么？再不淘气了还不行么？他不知道，他还不懂，命运中有一种错误是只能犯一次的，并没有改正的机会，命运中有一种并非是错误的错误（比如淘气，是什么错误呢），但这却是不被原谅的。那孩子小名叫“五蛋”，我记得他，那时他才七岁，他不知道，他还不懂。未来，他势必有一天会知道，可他势必有一天就会懂吗？但无论如何，那一天就是一个童话的结尾。在所有童话的结尾处，让我们这样理解吧：上帝为锤炼生命，将布设下一个残酷的谜语。

住在6号时，我见过有一对恋人。那时他们正是我现在的年纪，四十岁。他们是大学同学。男的二十四岁时本来就要出国留学，日期已定，行装都备好，可命运无常，不知因为什么屁大的一点儿事不得不拖延一个月，偏就在这一个月里因为一次医疗事故他瘫痪了。女的对他一往情深，等着他，先是等着他病好，没等到；然后还等着他，等着他同意跟她结婚，还是没等到。外界的和内心的阻力重重，一年一年，男的既盼着她来又说服着她走。但一年一年，病也难逃爱也难逃，女的就这么一直等着。有一次她狠了狠心，调离北京到外地去工作了，但是斩断感情却不这么简单，而且再想调回北京也不这么简单，女的只要有三天假期也迢迢千里地往北京跑。男的那时病更重了，全身都不能动了，和我同住一个病室。女的走后，男的对我说过："你要是爱她，你就不能害她，除非你不爱她，可是你又为什么要结婚呢？"男的睡着了，女的对我说过：我知道他这是爱我，可他不明白其实这是害我，我真想一走了事，我试过，不行，我知道我没法不爱他。女的走了男的又对我说过：不不，她还年轻，她还有机会，她得结婚，她这人不能没有爱。男的睡了女的又对我说过：可什么是机会呢？机会不在外面在心里，结婚的机会有可能在外边，可爱情的机会只能在心里。女的不在时，我把她的话告诉男的，男的默然垂泪。我问他："你干吗不能跟她结婚呢？"他说："这你还不懂。"他说："这很难说得清，因为你活在整个这个世界上。"他说："所以，有时候这不是光由两个人就能决定的。"我那时确实还不懂。我找到机会又问女的："为什么不是两个人就能决定的？"她说："不，我不这么认为。"她说："不过确实，有时候这确实很难。"她沉吟良久，说："真的，跟你说你现在也不懂。”十九年过去了，那对恋人现在该已经都是老人。我不知道现在他们各自在哪儿，我只听说他们后来还是分手了。十九年中，我自己也有过爱情的经历了，现在要是有个二十一岁的人问我爱情都是什么？大概我也只能回答：真的，这可能从来就不是能说得清的。无论她是什么，她都很少属于语言，而是全部属于心的。还是那位台湾作家三毛说得对：爱如禅，不能说不能说，一说就错。那也是在一个童话的结尾处，上帝为我们能够永远地追寻着活下去，而设置的一个残酷却诱人的谜语。

二十一岁过去，我被朋友们抬着出了医院，这是我走进医院时怎么也没料到的。我没有死，也再不能走，对未来怀着希望也怀着恐惧。在以后的年月里，还将有很多我料想不到的事发生，我仍旧有时候默念着“上帝保佑”而陷入茫然。但是有一天我认识了神，他有一个更为具体的名字——精神。在科学的迷茫之处，在命运的混沌之点，人唯有乞灵于自己的精神。不管我们信仰什么，都是我们自己的精神的描述和引导。

1991年

光　阴

陆　蠡

我看见了多少次阳光从我的桌面爬过，我有多少次看见阳光从我的窗口探入，复悄悄地退出。我惯用双手交握成各种样式，遮断它的光线，把影子投在粉壁上，做出种种动物的形状，如一头羊，一只螃蟹，一只兔；或则喝一口水，朝阳光喷去。

我曾经想过，如若人们开始爱惜光阴，那末他的生命的积储是有一部分耗蚀的了。年青人往往不知珍惜光阴。犹如拥资巨万的富家子，他可以任意挥霍他的钱财，等到黄金垂尽便吝啬起来，而懊悔从前的浪费了。

我平素不大喜爱表和钟这一类东西。它金属的利齿窸窸窣窣地将光阴啮食，而金属的手表的的答答地将时间一分一秒地数给我。当我还有丰余的生命留在后面，在时光的账页上我还有可观的储存，我会像一个守财虏，斤斤计较寸金和寸阴的市价么？偶然我抬头望到壁上的日历，那种红字和黑字相间的纸页把光阴划分成今天和明天。谁说动物中人是最聪明的？他们把连续的时间分成均匀的章节，费许多精神去较量它们的短长。最初他们用粗拙的工具刻划在树皮上代表昼夜，现在的人们则将日子印在没有重量的纸条上，每逢揭下一张来，便不禁想“啊！又过了一天！”

怎样我会起了这些古怪的念头呢？是最近的一个秋日的傍晚，我在近郊散步，我迎着苍黄的落日走过去，复背着它的光辉走回来，足踩着自己的影子。“我是牵着我的思想在散步，”我对自己说。“我是踪蹑着我的影子，看我赶不赶得过它？”我一面走一面自语。“我在看我自己影子的生长，看它愈长愈快，愈快愈长，”我独语。总之，我是在散步罢了。我携着我的思想一同散步。它是羞怯得畏见阳光，老躲在我的影子里。使得我和它谈话，不得不偏过头去，伛偻着身子，正如一个高大的男子低头和身边的女子说话，是那么轻声地，絮絮地。

我们走着走着，不知从哪里来的一枚树叶，飘坠在

微生盡恋
人間樂

我们的脚前。那样轻，怕跌碎的样子。要不是四周是那么静寂，我准不会注意。但我注意到了，我捡了起来我试想分辨它是什么树叶？梧桐的，枫槭的，还是樗栎的？但我恍若看到这不是一张树叶，分明是一张日历，一张被不可见的手扯下来的日历。这上面写着的是一个无形的字：“秋。”

“秋”，我微喟一声。

“秋，秋”，我的思想躲在我的影子里和答我。

我感到有点迟暮了。好像这个字代表一段逝去的光阴。

“逝去的光阴”，我的思想如刁钻的精灵，摸着了我的心思。“光……阴。” 这两个平声的没有低昂的字眼，在我的耳边震响。

光阴要逝去么？却借落叶通知我。我岂不曾拥有过大量的光阴，这年青人唯一的财产，一如富贾之子拥有巨资。我曾是光阴富有者。同时我也想起了两个惜阴的人。

正是这样秋暖的日子，在很早很早以前。家门前的禾场上排列着一行行的谷簟，在阳光下曝晒着田里新收割来的谷粒。芙蓉花盛开着。我坐在它的荫下，坐在一只竹箩里面，——我的身子还装不满一竹箩——我玩着谷堆里捉来的蚱蜢螳螂和甲虫，我玩着玩着，无意识地玩去我的光阴。祖父是爱惜光阴的。他匆匆出去，匆匆回来，复匆匆出去，不肯有一刻休息。但是他珍惜也没有用，他仅有不多的光阴。等到他在一个悄然的夜晚，撇下我们而去时，我还不懂他为什么要离开我们，原来他把光阴用尽了。

还是在不多年以前，父亲写信给我说："你现在长大了，应该知道光阴的可贵。听说你在学校里专爱玩，功课也不用功……"父亲也珍惜起光阴来了。大概他开始忧光阴之穷匮，遂于无意之中把忧心吐露给我。在当时我是不能领会的。我仍是嫌光阴过得太慢。"今天是星期一呢！"便要发愁。"什么时候是圣诞节呢？"虽则我并不喜欢这异邦的节日。"怎样还不放假呢？"我在打算怎样过那些佳美的日子。光阴是推移得太慢了，像跛脚的鸭子。于是我用欢笑去噪逐它，把它赶得快些。正如执箠的孩子驱着鸭群，唿哨起快活的声音促紧不善于行的水禽的脚步，我曾用欢笑驱赶我的光阴。

"你曾用欢笑驱赶你的光阴。"我的思想像"回声"的化身，复述我的话。

但是很久不那么做了。竟有一次我坐在房里整半天不出去。我伏在案前，目视着阳光从桌面的一端移到另一端。我用一根尺，一只表，来计算阳光的足在我的桌面移动的速度，我观察了计算了好久。蓦然有一种感触浮起在我的胸际，我为什么干这玩意儿呢？我看见了多少次阳光从我的桌面爬过，我有多少次看见阳光从我的窗口探入，复悄悄地退出。我惯用双手交握成各种样式，遮断它的光线，把影子投在粉壁上，做出种种动物的形状，如一头羊，一只螃蟹，一只兔；或则喝一口水，朝阳光喷去，令微细的水滴把光线散成彩虹的颜色。何时使我的心变成沉重，像吝啬的老人计数他的金钱，我也在计算光阴的速度呢？我曾讥笑惜阴人之不智，终也让别人来讥笑自身么？

“你也在计算光阴的速度了。”我的思想像喜灾乐祸似的，揶揄我。

真的，我在计算光阴的速度了。我想到光阴速度的相对性，得到这样的结论：感觉上的光阴的速度是年龄的函数。我试在一张白纸上列出如下的方程式：“光阴的速度等于年龄的正切的微分。”当年龄从零岁开始，进入无知的童年，感觉上的光阴速度是极微渺的。等到年龄的角度随岁月转过了半个象限（我暂将不满百的人生比作一个象限，半个象限是四十五岁了），正切线的变化便非常迅速。光阴流逝的感觉便有似白驹，似飞矢，瞬息千里了。

我想了又想，渐渐陷入了一个不能自拔的思索的阱里。想到我自己在人生的象限上转过了几度呢？犹如作茧自缚，我自己衍出方程式而复把自己嵌在这式子里面，我悲哀了。

“你自己衍出方程式而复把自己嵌在里面。”思想嘤然回答，已无尖酸的口吻。

但是我无法改正这方程式，这差不多是正确的。在我的知识范围内不能发现它的错误。啊，悲哀的来源，我想把这公式从我的脑筋中擦去，已是不可能。正如我刚才捡起来的树叶，无法把它装回原来的枝上。我重新谛视这片叶，上面仍依稀显现着无形的字：“秋。”

另一天，从另一枝柯上，会有不可见的手扯下另一片树叶——是一张日历——那上面写的应该是另一个字，“冬！”

“冬”，我的思想似乎失去了回答的气力。

“秋……冬……”又是两个没有低昂的平声的字眼，像一滴凉水滴进我的心胸，使我有点寒意。我不能再散步了，我携着我的思想走回家，正如那西洋妇人携着她的狗，施施归去。此后我就想起：如若人们开始爱惜光阴，那末他的生命的积储是有一部分耗蚀的了。

雨的感想

周作人

今年夏秋之间北京的雨下的不大多，虽然在田地里并不旱干，城市中也不怎么苦雨，这是很好的事。北京一年间的雨量本来颇少，可是下得很有点特别，他把全年份的三分之二强在六七八月中间落了，而七月的雨又几乎要占这三个月份总数的一半。照这个情形说来，夏秋的苦雨是很难免的。在民国十三年和二十六年，院子里的雨水上了阶沿，进到西书房里去，证实了我的苦雨斋的名称，这都是在七月中下旬，那种雨势与雨声想起来也还是很讨嫌，因此对于北京的雨我没有什么好感，像今年的雨量不多，虽是小事，但在我看来自然是很可感谢的了。不过讲到雨，也不是可以一口抹杀，以为一定是可嫌恶的。这须得分别言之，与其说时令，还不如说要看地方而定。在有些地方，雨并不可嫌恶，即使不必说是可喜。囫囵的说一句南方，恐怕不能得要领，我想不如具体的说明，在到处有河流，捕街是石板路的地方，雨是不觉得讨厌的，那里即使会涨大水，成水灾，也总不至于使人有苦雨之感。我的故乡在浙东的绍兴，便是这样的一个好例。在城里，每条路差不多有一条小河平行着，其结果是街道上桥很多，交通利用大小船只，民间饮食洗濯依赖河水，大家才有自用井，蓄雨水为饮料。河岸大抵高四五尺，下雨虽多尽可容纳，只有上游水发，而闸门淤塞，下流不通，成为水灾，但也是田野乡村多受其害，城里河水是不至于上岸的。

因此住在城里的人遇见长雨，也总不必担心水会灌进屋子里来，因为雨水都流入河里，河固然不会得满，而水能一直流去，不至停住在院子或街上者，则又全是石板路的关系。我们不曾听说有下水沟渠的名称，但是石板路的构造仿佛是包含有下水计划在内的，大概石板底下都用石条架着，无论多少雨水全由石缝流下，一总到河里去。人家里边的通路以及院子即所谓明堂也无不是石板，室内才用大方砖砌地，俗名曰地平。在老家里有一个长方的院子，承受南北两面楼房的雨水，即使下到四十八小时以上，也不见他停留一寸半寸的水，现在想起来觉得很是特别，秋季长雨的时候，睡在一间小楼上或是书房内，整夜的听雨声不绝，固然是一种喧嚣，却也可以说是一种肃寂，或者感觉好玩也无不可，总之不会得使人忧虑的。吾家镰溪先生有一首夜雨书窗的诗云：秋风扫暑尽，半夜雨淋漓。绕屋是芭蕉，一枕万响围。恰似钓鱼船，篷底睡觉时。这诗里所写的不是浙东的事，但是情景大抵近似，总之说是南方的夜雨是可以的吧。在这里便很有一种情趣，觉得在书室听雨如睡钓鱼船中，倒是很好玩似的。不雨无论久暂，道路不会泥泞，院落不会积水，用不着什么忧虑，所有的唯一的忧虑只是怕漏。大雨急雨从瓦缝中倒灌而入，长雨则瓦都湿透了，可以浸润缘入，若屋顶破损，更不必说，所以雨中搬动面盆水桶，罗列满地，承接屋漏，是常见的事。民间故事说不怕老虎只怕漏，生出偷儿和老虎猴子的纠纷来，日本也有虎狼古屋漏的传说，可见此怕漏的心理分布得很是广远也。下雨与交通不便本是很相关的，但在上边所说的地方也并不一定如此。一般交通既然多用船只，下雨时照样的可以行驶，不过篷窗不能推开，坐船的人看不到山水村庄的景色，或者未免气闷，但是闭窗坐听急雨打篷，如周镛溪所说，也未始不是有趣味的事。再是舟子，他无论遇见如何的雨和雪，总只是一蓑一笠，站在后艄摇他的橹，这不要说什么诗味画趣，却是看去总毫不难看，只觉得辛劳质朴，没有车夫的那种拖泥带水之感。还有一层，雨中水行同平常一样的平稳，不会像陆行的多危险，因为河水固然一时不能骤增，即使增涨了，如俗语所云，水涨船高，别无什么害处，其唯一可能的影响乃是桥门低了，大船难以通行，若是一人两桨的小船，还是往来自如。水行的危险盖在于遇风，春夏间往往于晴明的午后陡起风暴，中小船只在河港阔大处，又值舟子缺少经验，易于失事，若是雨则一点都不要紧也。坐船以外的交通方法还有步行。雨中步行，在一般人想来总很是困难的吧，至少也不大愉快。在铺着石板路的地方，这情形略有不同。因为是石板路的缘故，既不积水，亦不泥泞，行路困难已经几乎没有，余下的事只须防湿便好，这有雨具就可济事了。从前的人出门必带钉鞋雨伞，即是为此，只要有了雨具，又有脚力，在雨中要走多少里都可随意，反正地面都是石板，城坊无须说了，就是乡村间其通行大道至少有一块石板宽的路可走，除非走入小路岔道，并没有泥泞难行的地方。本来防湿的方法最好是不怕湿，赤脚穿草鞋，无往不便利平安，可是上策总难实行，常人还只好穿上钉鞋，撑了雨伞，然后安心的走到雨中去。我有过好多回这样的在大雨中间行走，到大街里去买吃食的东西，往返就要花两小时的工夫，一点都不觉得有什么困难。最讨厌的还是夏天的阵雨，出去时大雨如注，石板上一片流水，很高的钉鞋齿踏在上边，有如低板桥一般，倒也颇有意思，可是不久云收雨散，石板上的水经太阳一晒，随即干涸，我们走回来时把钉鞋端在石板路上嘎啷嘎啷的响，自己也觉得怪寒伧的，街头的野孩子见了又要起哄，说是旱地乌龟来了。这是夏日雨后出门的人常有的经验，或者可以说是关于钉鞋雨伞的一件顶不愉快的事情吧。

以上是我对于雨的感想，因了今年北京夏天不下大雨而引起来的。但是我所说的地方的情形也还是民国初年的事，现今一定很有变更，至少路上石板未必保存得住，大抵已改成蹩脚的马路了吧。那么雨中步行的事便有点不行了，假如河中还可以行船，屋下水沟没有闭塞，在篷底窗下可以平安的听雨，那就已经是很可喜幸的了。民国甲申，八月处暑节。

一片阳光

林徽因

放了假，春初的日子松弛下来。将午未午时候的阳光，澄黄的一片，由窗棂横浸到室内，晶莹地四处射。我有点发怔，习惯地在沉寂中惊讶我的周围。我望着太阳那湛明的体质，像要辨别它那交织绚烂的色泽，追逐它那不着痕迹的流动。看它洁净地映到书桌上时，我感到桌面上平铺着一种恬静，一种精神上的豪兴，情趣上的闲逸；即或所谓“窗明几净”，那里默守着神秘的期待，漾开诗的气氛。那种静，在静里似可听到那一处琤琮的泉流，和着仿佛是断续的琴声，低诉着一个幽独者自娱的音调。看到这同一片阳光射到地上时，我感到地面上花影浮动，暗香吹拂左右，人随着晌午的光霭花气在变幻，那种动，柔谐婉转有如无声音乐，令人悠然轻快，不自觉地脱落伤愁。至多，在舒扬理智的客观里使我偶一回头，看看过去幼年记忆步履所留的残迹，有点儿惋惜时间；微微怪时间不能保存情绪，保存那一切情绪所曾流连的境界。

倚在软椅上不但奢侈，也许更是一种过失，有闲的过失。但东坡的辩护："懒者常似静，静岂懒者徒"，不是没有道理。如果此刻不倚榻上而"静"，则方才情绪所兜的小小圈子便无条件地失落了去！人家就不可惜它，自己却实在不能不感到这种亲密的损失的可哀。

就说它是情绪上的小小旅行吧，不走并无不可，不过走走未始不是更好。归根说，我们活在这世上到底最珍惜一些什么？果真珍惜万物之灵的人的活动所产生的种种，所谓人类文化？这人类文化到底又靠一些什么？我们怀疑或许就是人身上那一撮精神同机体的感觉，生理心理所共起的情感，所激发出的一串行为，所聚敛的一点智慧，——那么一点点人之所以为人的表现。宇宙万物客观的本无所可珍惜，反映在人性上的山川草木禽兽才开始有了秀丽，有了气质，有了灵犀。反映在人性上的人自己更不用说。没有人的感觉，人的情感，即便有自然，也就没有自然的美，质或神方面更无所谓人的智慧，人的创造，人的一切生活艺术的表现！这样说来，谁该鄙弃自己感觉上的小小旅行？为壮壮自己胆子，我们更该相信惟其人类有这类情绪的驰骋，实际的世间才赓续着产生我们精神所寄托的文物精萃。

此刻我竟可以微微一咳嗽，乃至于用播音的圆润口调说：我们既然无疑的珍惜文化，即尊重盘古到今种种的艺术——无论是抽象的思想的艺术，或是具体的驾驭天然材料另创的非天然形象，——则对于艺术所由来的渊源，那点点人的感觉，人的情感智慧（通称人的情绪），又当如何地珍惜才算合理？

但是情绪的驰骋，显然不是诗或画或任何其他艺术建造的完成。这驰骋此刻虽占了自己生活的若干时间，却并不在空间里占任何一个小小位置！这个情形自己需完全明了。此刻它仅是一种无踪迹的流动，并无栖身的形体。它或含有各种或可捉摸的质素，但是好奇地探讨这个质素而具体要表现它的差事，无论其有无意义，除却本人外，别人是无能为力的。我此刻为着一片清婉可喜的阳光，分明自己在对内心交流变化的各种联想发生一种兴趣的注意，换句话说，这好奇与兴趣的注意已是我此刻生活的活动。一种力量又迫着我来把握住这个活动，而设法表现它，这不易抑制的冲动，或即所谓艺术冲动也未可知！只记得冷静的杜工部散散步，看看花，也不免会有“江上被花恼不彻，无处告诉只颠狂”的情绪上一片紊乱！玲珑煦暖的阳光照人面前，那美的感人力量就不减于花，不容我生硬地自己把情绪分划为有闲与实际的两种，而权其轻重，然后再决定取舍的。我也只有情绪上的一片紊乱。

情绪的旅行本偶然的事，今天一开头并为着这片春初晌午的阳光，现在也还是为着它。房间内有两种豪侈的光常叫我的心绪紧张如同花开，趁着感觉的微风，深浅零乱于冷智的枝叶中间。一种是烛光，高高的台座，长垂的烛泪，熊熊红焰当帘幕四下时各处光影掩映。那种闪烁明艳，雅有古意，明明是画中景象，却含有更多诗的成分。另一种便是这初春晌午的阳光，到时候有意无意的大片子洒落满室，那些窗棂栏板几案笔砚浴在光霭中，一时全成了静物图案；再有红蕊细枝点缀几处，室内更是清香浮溢，叫人俯仰全触到一种灵性。

这种说法怕有点会发生误会，我并不说这片阳光射入室内，需要笔砚花香那些儒雅的托衬才能动人，我的意思倒是：室内顶寻常的一些供设，只要一片阳光这样又幽娴又洒脱地落在上面，一切都会带上另一种动人的气息。

这里要说到我最初认识的一片阳光。那年我六岁，记得是刚刚出了水珠以后——水珠即寻常水痘，不过我家乡的话叫它做水珠。当时我很喜欢那美丽的名字，忘却它是一种病，因而也觉到一种神秘的骄傲。只要人过我窗口问问出"水珠"么？我就感到一种荣耀。那个感觉至今还印在脑子里。也为这个缘故，我还记得病中奢侈的愉悦心境。虽然同其他多次的害病一样，那次我仍然是孤独的被囚禁在一间房屋里休养的。那是我们老宅子里最后的一进房子；白粉墙围着小小院子，北面一排三间，当中夹着一个开敞的厅堂。我病在东头娘的卧室里。西头是婶婶的住房。娘同婶永远要在祖母的前院里行使她们女人们的职务的，于是我常是这三间房屋惟一留守的主人。

在那三间屋子里病着，那经验是难堪的。时间过得特别慢，尤其是在日中毫无睡意的时候。起初，我仅集注我的听觉在各种似脚步，又不似脚步的上面。猜想着，等候着，希望着人来。间或听听隔墙各种琐碎的声音，由墙基底下传达出来又消敛了去。过一会，我就不耐烦了——不记得是怎样的，我就趿着鞋，挂着木床走到房门边。房门向着厅堂斜斜地开着一扇，我便扶着门框好奇地向外探望。

那时大概刚是午后两点钟光景，一张刚开过饭的八仙桌，异常寂寞地立在当中。桌下一片由厅口处射进来的阳光，泄泄融融地倒在那里。一个绝对悄寂的周围伴着这一片无声的金色的晶莹，不知为什么，忽使我六岁孩子的心里起了一次极不平常的振荡。

那里并没有几案花香，美术的布置，只是一张极寻常的八仙桌。如果我的记忆没有错，那上面在不多时间以前，是刚陈列过咸鱼、酱菜一类极寻常俭朴的午餐的。小孩子的心却呆了。或许两只眼睛倒张大一点，四处地望，似乎在寻觅一个问题的答案。为什么那片阳光美得那样动人？我记得我爬到房内窗前的桌子上坐着，有意无意地望望窗外，院里粉墙疏影同室内那片金色和煦绝然不同趣味。顺便我翻开手边娘梳妆用的旧式镜箱，又上下摇动那小排状抽屉，同那刻成花篮形小铜坠子，不时听雀跃过枝清脆的鸟语。心里却仍为那片阳光隐着一片模糊的疑问。

时间经过二十多年，直到今天，又是这样一泄阳光，一片不可捉摸，不可思议流动的而又恬静的瑰宝，我才明白我那问题是永远没有答案的。事实上仅是如此：一张孤独的桌，一角寂寞的厅堂。一只灵巧的镜箱，或窗外断续的鸟语，和水珠——那美丽小孩子的病名——便凑巧永远同初春静沉的阳光整整复斜斜地成了我回忆中极自然的联想。

辑二

我要乱七八糟的活着

水样的春愁

郁达夫

洋学堂里的特殊科目之一，自然是伊利哇拉的英文。现在回想起来，虽不免有点觉得好笑，但在当时，杂在各年长的同学当中，和他们一样地曲着背，耸着肩，摇摆着身体，用了读《古文辞类纂》的腔调，高声朗诵着皮衣啤，皮哀排的精神，却真是一点儿含糊苟且之处都没有的。初学会写字母之后，大家所急于想一试的，是自己的名字的外国写法；于是教英文的先生，在课余之暇就又多了一门专为学生拼英文名字的工作。有几位想走捷径的同学，并且还去问过先生，外国百家姓和外国三字经有没有得买的？先生笑着回答说，外国百家姓和三字经，就只有你们在读的那一本泼剌玛的时候，同学们于失望之余，反更是皮哀排，皮衣啤地叫得起劲。当然是不用说的，学英文还没有到一个礼拜，几本当教科书用的《十三经注疏》，《御批通鉴辑览》的黄封面上，大家都各自用墨水笔题上了英文拼的歪斜的名字。又进一步，便是用了异样的发音，操英文说着“你是一只狗”，“我是你的父亲”之类的话，大家互讨便宜的混战；而实际上，有几位乡下的同学，却已经真的是两三个小孩子的父亲了。

因为一班之中，我的年龄算最小，所以自修室里，当监课的先生走后，另外的同学们在密语着哄笑着的关于男女的问题，我简直一点儿也感不到兴趣。从性知识发育落后的一点上说，我确不得不承认自己是一个最低能的人。又因自小就习于孤独，困于家境的结果，怕羞的心，畏缩的性，更使我的胆量，变得异常的小。在课堂上，坐在我左边的一位同学，年纪只比我大了一岁，他家里有几位相貌长得和他一样美的姊妹，并且住得也和学堂很近很近。因此，在校里，他就是被同学们苦缠得最厉害的一个；而礼拜天或假日，他的家里，就成了同学们的聚集的地方。当课余之暇，或放假期里，他原也恳切地邀过我几次，邀我上他家里去玩去；但形秽之感，终于把我的向往之心压住，曾有好几次想决心跟了他上他家去，可是到了他们的门口，却又同罪犯似的逃了。他以他的美貌，以他的财富和姊妹，不但在学堂里博得了绝大的声势，就是在我们那小小的县城里，也赢得了一般的好誉。而尤其使我羡慕的，是他的那一种对同我们是同年辈的异性们的周旋才略，当时我们县城里的几位相貌比较艳丽一点的女性，个个是和他要好的，但他也实在真胆大，真会取巧。

当时同我们是同年辈的女性，装饰入时，态度豁达，为大家所称道的，有三个。一个是一位在上海开店，富甲一邑的商人赵某的侄女；她住得和我最近。还有两个，也是比较富有的中产人家的女儿，在交通不便的当时，已经各跟了她们家里的亲戚，到杭州上海等地方去跑跑了；她们俩，却都是我那位同学的邻居。这三个女性的门前，当傍晚的时候，或月明的中夜，老有一个一个的黑影在徘徊；这些黑影的当中，有不少是我们的同学。因为每到礼拜一的早晨，没有上课之先，我老听见有同学们在操场上笑说在一道，并且时时还高声地用着英文作了隐语，如“我看见她了！”“我听见她在读书”之类。而无论在什么地方于什么时候的凡关于这一类的谈话的中心人物，总是课堂上坐在我的右边，年龄只比我大一岁的那一位天之骄子。

赵家的那位少女，皮色实在细白不过，脸形是瓜子脸；更因为她家里有了几个钱，而又时常上上海她叔父那里去走动的缘故，衣服式样的新异，自然可以不必说，就是做衣服的材料之类，也都是当时未开通的我们所不曾见过的。她们家里，只有一位寡母和一个年轻的女仆，而住的房子却很大很大。门前是一排柳树，柳树下还杂种着些鲜花；对面的一带红墙，是学宫的泮水围墙，泮池上的大树，枝叶垂到了墙外，红绿便映成着一色。当浓春将过，首夏初来的春三四月，脚踏着日光下石砌路上的树影，手捉着扑面飞舞的杨花，到这一条路上去走走，就是没有什么另外的奢望，也很有点像梦里的游行，更何况楼头窗里，时常会有那一张少女的粉脸出来向你抛一眼两眼的低眉斜视呢！

此外的两个女性，相貌更是完整，衣饰也尽够美丽，并且因为她俩的住址接近，出来总在一道，平时在家，也老在一处，所以胆子也大，认识的人也多。她们在二十余年前的当时，已经是开放得很，有点像现代的自由女子了，因而上她们家里去鬼混，或到她们门前去守望的青年，数目特别的多，种类也自然要杂。

我虽则胆量很小，性知识完全没有，并且也有点过分的矜持，以为成日地和女孩子们混在一道，是读书人的大耻，是没出息的行为；但到底还是一个亚当的后裔，喉头的苹果，怎么也吐它不出咽它不下，同北方厚雪地下的细草萌芽一样，到得冬来，自然也难免得有些望春之意；老实说将出来，我偶尔在路上遇见她们中间的无论哪一个，或凑巧在她们门前走过一次的时候，心里也着实有点儿难受。

住在我那同学邻近的两位，因为距离的关系，更因为她们的处世知识比我长进，人生经验比我老成得多，和我那位同学当然是早已有过纠葛，就是和许多不是学生的青年男子，也各已有了种种的风说，对于我虽像是一种含有毒汁的妖艳的花，诱惑性或许格外的强烈，但明知我自己决不是她们的对手，平时不过于遇见的时候有点难以为情的样子，此外倒也没有什么了不得的思慕，可是那一位赵家的少女，却整整地恼乱了我两年的童心。

我和她的住处比较得近，故而三日两头，总有着见面的机会。见面的时候，她或许是无心，只同对于其他的同年辈的男孩子打招呼一样，对我微笑一下，点一点头，但在我却感得同犯了大罪被人发觉了的样子，和她见面一次，马上要变得头昏耳热，胸腔里的一颗心突突地总有半个钟头好跳。因此，我上学去或下课回来，以及平时在家或出外去的时候，总无时无刻不在留心，想避去和她的相见。但遇到了她，等她走过去后，或用功用得很疲乏把眼睛从书本子举起的一瞬间，心里又老在盼望，盼望着她再来一次，再上我的眼面前来立着对我微笑一脸。

有时候从家中进出的人的口里传来，听说“她和她母亲又上上海去了，不知要什么时候回来？”我心里会同时感到一种像释重负又像失去了什么似的忧虑，生怕她从此一去，将永久地不回来了。

同芭蕉叶似的重重包裹着的我这一颗无邪的心，不知在什么地方，透露了消息，终于被课堂上坐在我左边的那位同学看穿了。一个礼拜六的下午，落课之后，他轻轻地拉着了我的手对我说：“今天下午，赵家的那个小丫头，要上倩儿家去，你愿不愿意和我同去一道玩儿？”这里所说的倩儿，就是那两位他邻居的女孩子之中的一个的名字。我听了他的这一句密语，立时就涨红了脸，喘急了气，嗫嚅着说不出一句话来回答他，尽在拼命的摇头，表示我不愿意去，同时眼睛里也水汪汪地想哭出来的样子；而他却似乎已经看破了我的隐衷，得着了我的同意似的用强力把我拖出了校门。

到了倩儿她们的门口，当然又是一番争执，但经他大声的一喊，门里的三个女孩，却同时笑着跑出来了；已经到了她们的面前，我也没有什么别的办法了，自然只好俯着首，红着脸，同被绑赴刑场的死刑囚似的跟她们到了室内。经我那位同学带了滑稽的声调将如何把我拖来的情节说了一遍之后，她们接着就是一阵大笑。我心里有点气起来了，以为她们和他在侮辱我，所以于羞愧之上，又加了一层怒意。但是奇怪得很，两只脚却软落来了，心里虽在想一溜跑走，而腿神经终于不听命令。跟她们再到客房里去坐下，看他们四人捏起了骨牌，我连想跑的心思也早已忘掉，坐将在我那位同学的背后，眼睛虽则时时在注视着牌，但间或得着机会，也着实向她们的脸部偷看了许多次数。等她们的输赢赌完，一餐东道的夜饭吃过，我也居然和她们伴熟，有说有笑了。临走的时候，倩儿的母亲还派了我一个差使，点上灯笼，要我把赵家的女孩送回家去。自从这一回后，我也居然入了我那同学的伙，不时上赵家和另外的两女孩家去进出了；可是生来胆小，又加以毕业考试的将次到来，我的和她们的来往，终没有像我那位同学似的繁密。

正当我十四岁的那一年春天（一九〇九，宣统元年己酉），是旧历正月十三的晚上，学堂里于白天给与了我以毕业文凭及增生执照之后，就在大厅上摆起了五桌送别毕业生的酒宴。这一晚的月亮好得很，天气也温暖得像二三月的样子。满城的爆竹，是在庆祝新年的上灯佳节，我于喝了几杯酒后，心里也感到了一种不能抑制的欢欣。出了校门，踏着月亮，我的双脚，便自然而然地走向了赵家。她们的女仆陪她母亲上街去买蜡烛水果等过元宵的物品去了，推门进去，我只见她一个人拖着了一条长长的辫子，坐在大厅上的桌子边上洋灯底下练习写字。听见了我的脚步声音，她头也不朝转来，只曼声地问了一声“是谁？”我故意屏着声，提着脚，轻轻地走上了她的背后，一使劲一口就把她面前的那盏洋灯吹灭了。月光如潮水似的浸满了这一座朝南的大厅，她于一声高叫之后，马上就把头朝了转来。我在月光里看见了她那张大理石似的嫩脸，和黑水晶似的眼睛，觉得怎么也熬忍不住了，顺势就伸出了两只手去，捏住了她的手臂。两人的中间，她也不发一语，我也并无一言，她是扭转了身坐着，我是向她立着的。她只微笑着看看我看看月亮，我也只微笑着看看她看看中庭的空处，虽然此处的动作，轻薄的邪念，明显的表示，一点儿也没有，但不晓怎样一股满足，深沉，陶醉的感觉，竟同四周的月光一样，包满了我的全身。

两人这样的在月光里沉默着相对，不知过了多久，终于她轻轻地开始说话了：“今晚上你在喝酒？”“是的，是在学堂里喝的。”到这里我才放开了两手，向她边上的一张椅子里坐了下去。“明天你就要上杭州去考中学去么？”停了一会，她又轻轻地问了一声。“嗳，是的，明朝坐快班船去。”两人又沉默着，不知坐了几多时候，忽听见门外头她母亲和女仆说话的声音渐渐儿的近了，她于是就忙着立起来擦洋火，点上了洋灯。

她母亲进到了厅上，放下了买来的物品，先向我说了些道贺的话，我也告诉了她，明天将离开故乡到杭州去；谈不上半点钟的闲话，我就匆匆告辞出来了。在柳树影里披了月光走回家来，我一边回味着刚才在月光里和她两人相对时的沉醉似的恍惚，一边在心的底里，忽儿又感到了一点极淡极淡，同水一样的春愁。

失眠之夜

萧　红

为什么要这样失眠呢！烦躁，呕心，心跳，胆小，并且想要哭泣。

我想想，也许就是故乡的思虑罢。

窗子外面的天空高远了，和白棉一样绵软的云彩低近了，吹来的风好像带点草原的气味，这就是说已经是秋天了。

在家乡那边，秋天最可爱。

蓝天蓝得有点发黑，白云就像银子做成的一样，就像白色的大花朵似的缀在天上；就又像沉重得快要脱离开天空而坠了下来似的，而那天空就越显得高了，高得再没有那么高的。

昨天，我到朋友们的地方走了一遭，听来了好多的心愿——那许多心愿综合起来，又都是一个心愿——这回若真的打回满洲去。有的说，煮一锅高粱米粥喝；有的说，咱家那地豆多么大！说着就用手比量着，这么大，碗大；珍珠米，老的一煮就开了花的，一尺来长的；还有的说，高粱米粥，咸盐豆。还有的说，若真的打回满洲去，三天三夜不吃饭，打着大旗往家跑。跑到家去自然也免不了先吃高粱米粥或咸盐豆。

比方高粱米那东西，平常我就不愿意吃，很硬，有点发涩（也许因为我有胃病的关系），可是经他们这一说，也觉得非吃不可了。

但什么时候吃呢？那我就不知道了。而况我到底是不怎样热烈的，所以关于这一方面，我终究是不怎样亲切。

但我想我们那门前的蒿草，我想我们那后园里开着的茄子的紫色的小花，黄瓜爬上了架。而那清早，朝阳带着露珠一齐来了！

我一说到蒿草或是黄瓜，三郎就向我摆手或摇头：“不，我们家，门前是两棵柳树，树荫交结着做成门形。再前面是菜园，过了菜园就是山。那金字塔形的山峰，正向着我们家的门口，而两边像蝙蝠的翅膀似的向着村子的东方和西方伸展开去。而后园黄瓜，茄子也种着，最好看的是牵牛花在石头墙的缝际爬遍了，早晨带着露水牵牛花开了……”

“我们家就不这样，没有高山，也没有柳树……只有……”我常常就这样打断他。

有时候，他也不等我说完，他就接下去。我们讲的故事，彼此都好像是讲给自己听，而不是为着对方。

只有那么一天：买来了一张《东北富源图》挂在墙上了，染着黄色的平原上站着小马，小羊，还有骆驼，还有牵着骆驼的小人；海上就是些小鱼，大鱼，黄色的鱼，红色的好像小瓶似的大肚的鱼，还有黑色的大鲸鱼；而兴安岭和辽宁一带画着许多和海涛似的绿色的山脉。

他的家就在离着渤海边不远的山脉中，他的指甲在山脉上爬着：“这是大凌河……这是小凌河……哼……没有，这地图是个不完全的，是个略图……”

“好哇！天天说凌河，那儿有凌河呢！”我不知为什么一提到家乡，常常愿意给他扫兴一点。

“你不相信！我给你看。”他去翻他的书橱去了，“这不是么！大凌河……小凌河……小孩的时候在凌河沿上捉小鱼，拿到山上去，在石头片上用火烤着吃……这边就是沈家台，离我们家二里路……”因为是把地图摊在地板上看的缘故，一面说着，他一面用手扫着他已经垂在前额的发梢。

《东北富源图》就挂在床头，所以第二天早晨，我一张开了眼睛，他就抓住了我的手：

“我想将来我回家的时候，先买两匹驴，一匹你骑着，一匹我骑着……先到我姑姑家，再到我姐姐家……顺便也许看看我舅舅去……我姐姐很爱我……她出嫁以后，每回来一次临走的时候就哭一次，姐姐也哭，我也哭……这有七八年不见了！也都老了。”

那地图上的小鱼，红的，黑的，都能够看清，我一边看着，一边听着，这一次我没有打断他，或给他扫一点兴。

“买黑色的驴，挂着铃子，走起来……铛啷啷铛啷啷……”他形容着声音的时候，就像他的嘴里边含着铃子似的在响。

“我带你到沈家台去赶集。那赶集的日子，热闹！驴身上挂着烧酒瓶……我们那边，羊肉非常便宜……羊肉炖片粉……真是味道！唉呀！这有多少年没吃那羊肉啦！”他的眉毛和额头上起着很多皱纹。

我在大镜子里边看到了他，他的手从我的手上抽回去，放在他自己的胸上，而后又反背着放在枕头下面去，但很快地又抽出来。只理一理他自己的发梢又放在枕头上去。

而我呢？我想：

“你们家对于外来的所谓‘媳妇’也一样吗？”我想着就这样说了。

这失眠大概也许不是因为这个。但买驴子的买驴子，吃咸盐豆的吃咸盐豆，而我呢？坐在驴子上，所去的仍是生疏的地方，我停留着的仍然是别人的家乡。

家乡这个观念，在我本不甚切，但当别人说起来的时候，我也就心慌了！虽然那块土地在没有成为日本的之前，“家”在我就等于没有了。

这失眠一直继续到黎明，在黎明之前，在高射炮的声中，我也听到了一声声和家乡一样的震抖在原野上的鸡鸣。

八月，廿二

忙

老 舍

近来忙得出奇。恍忽之间，仿佛看见一狗，一马，或一驴，其身段神情颇似我自己；人兽不分，忙之罪也！

每想随遇而安，贫而无谄，忙而不怨。无谄已经作到；无论如何不能欢迎忙。

这并非想偷懒。真理是这样：凡真正工作，虽流汗如浆，亦不觉苦。反之，凡自己不喜作，而不能不作，作了又没什么好处者，都使人觉得忙，且忙得头疼。想当初，苏格拉底终日奔忙，而忙得从容，结果成了圣人；圣人为真理而忙，故不手慌脚乱。即以我自己说，前年写《离婚》的时候，本想由六月初动笔，八月十五交卷。及至拿起笔来，天气热得老在九十度以上，心中暗说不好。可是写成两段以后，虽腕下垫吃墨纸以吸汗珠，已不觉得怎样难受了。“七”月十五日居然把十二万字写完！因为我爱这种工作哟！我非圣人，也知道真忙与瞎忙之别矣。

所谓真忙，如写情书，如种自己的地，如发现九尾彗星，如在灵感下写诗作画，虽废寝忘食，亦无所苦。这是真正的工作，只有这种工作才能产生伟大的东西与文化。人在这样忙的时候，把自己已忘掉，眼看的是工作，心想的是工作，作梦梦的是工作，便无暇计及利害金钱等等了；心被工作充满，同时也被工作洗净，于是手脚越忙，心中越安怡，不久即成圣人矣。情书往往成为真正的文学，正在情理之中。

所谓瞎忙，表面上看来是热闹非常，其实呢它使人麻木，使文化退落，因为忙得没意义，大家并不愿作那些事，而不敢不作；不作就没饭吃。在这种忙乱情形中，人们像机器般的工作，作完了一饱一睡，或且未必一饱一睡，而半饱半睡。这里，只有奴隶，没有自由人；奴隶不会产生好的文化。这种忙乱把人的心杀死，而身体也不见得能健美。它使人恨工作，使人设尽方法去偷油儿。我现在就是这样，一天到晚在那儿作事，全是我不爱作的。我不能不去作，因为眼前有个饭碗；多咱我手脚不动，那个饭碗便拍的一声碎在地上！我得努力呀，原来是为那个饭碗的完整，多么高伟的目标呀！试观今日之世界，还不是个饭碗文明！

因此，我羡慕苏格拉底，而恨他的时代。苏格拉底之所以能忙成个圣人，正因为他的社会里有许多奴隶。奴隶们为苏格拉底作工，而苏格拉底们乃得忙其所乐意忙者。这不公道！在一个理想的文化中，必能人人工作，而且乐意工作，即便不能完全自由，至少他也不完全被责任压得翻不过身来，他能把眼睛从饭碗移开一会儿，而不至立刻拍的一声打个粉碎。在这样的社会里，大家才会真忙，而忙得有趣，有成绩。在这里，懒是一种惩罚；三天不作事会叫人疯了；想想看，灵感来了，诗已在肚中翻滚，而三天不准他写出来，或连哼哼都不许！懒，在现在的社会里，是必然的结果，而且不比忙坏；忙出来的是什么？那末，懒又有什么不可以呢？

世界上必有那么一天，人类把忙从工作中赶出去，大家都晓得，都觉得，工作的快乐，而越忙越高兴；懒还不仅是一种羞耻，而是根本就受不了的。自然，我是看不到那样的社会了；我只能在忙得——瞎忙——要哭的时候这么希望一下吧。

杂　感

鲁　迅

人们有泪，比动物进化，但即此有泪，也就是不进化，正如已经只有盲肠，比鸟类进化，而究竟还有盲肠，终不能很算进化一样。凡这些，不但是无用的赘物，还要使其人达到无谓的灭亡。

现今的人们还以眼泪赠答，并且以这为最上的赠品，因为他此外一无所有。无泪的人则以血赠答，但又各各拒绝别人的血。

人大抵不愿意爱人下泪。但临死之际，可能也不愿意爱人为你下泪么？无泪的人无论何时，都不愿意爱人下泪，并且连血也不要：他拒绝一切为他的哭泣和灭亡。

人被杀于万众聚观之中，比被杀在“人不知鬼不觉”的地方快活，因为他可以妄想，博得观众中的或人的眼泪。但是，无泪的人无论被杀在什么所在，于他并无不同。

杀了无泪的人，一定连血也不见。爱人不觉他被杀之惨，仇人也终于得不到杀他之乐：这是他的报恩和复仇。

死于敌手的锋刃，不足悲苦；死于不知何来的暗器，却是悲苦。但最悲苦的是死于慈母或爱人误进的毒药，战友乱发的流弹，病菌的并无恶意的侵入，不是我自己制定的死刑。

仰慕往古的，回往古去罢！想出世的，快出世罢！想上天的，快上天罢！灵魂要离开肉体的，赶快离开罢！现在的地上，应该是执着现在，执着地上的人们居住的。

但厌恶现世的人们还住着。这都是现世的仇仇，他们一日存在，现世即一日不能得救。

先前，也曾有些愿意活在现世而不得的人们，沉默过了，呻吟过了，叹息过了，哭泣过了，哀求过了，但仍然愿意活在现世而不得，因为他们忘却了愤怒。

勇者愤怒，抽刃向更强者；怯者愤怒，却抽刃向更弱者。不可救药的民族中，一定有许多英雄，专向孩子们瞪眼。这些孱头们！

孩子们在瞪眼中长大了，又向别的孩子们瞪眼，并且想：他们一生都过在愤怒中。因为愤怒只是如此，所以他们要愤怒一生，——而且还要愤怒二世，三世，四世，以至末世。

无论爱什么，——饭，异性，国，民族，人类等等，——只有纠缠如毒蛇，执着如怨鬼，二六时中，没有已时者有望。但太觉疲劳时，也无妨休息一会罢；但休息之后，就再来一回罢，而且两回，三回……。血书，章程，请愿，讲学，哭，电报，开会，挽联，演说，神经衰弱，则一切无用。

血书所能挣来的是什么？不过就是你的一张血书，况且并不好看。至于神经衰弱，其实倒是自己生了病，你不要再当作宝贝了，我的可敬爱而讨厌的朋友呀！

我们听到呻吟，叹息，哭泣，哀求，无须吃惊。见了酷烈的沉默，就应该留心了；见有什么像毒蛇似的在尸林中蜿蜒，怨鬼似的在黑暗中奔驰，就更应该留心了：这在豫告“真的愤怒”将要到来。那时候，仰慕往古的就要回往古去了，想出世的要出世去了，想上天的要上天了，灵魂要离开肉体的就要离开了！……

五月五日。

自　剖

徐志摩

我是个好动的人：每回我身体行动的时候，我的思想也仿佛就跟着跳荡。我做的诗，不论它们是怎样的“无聊”，有不少是在行旅期中想起的。我爱动，爱看动的事物，爱活泼的人，爱水，爱空中的飞鸟，爱车窗外掣过的田野山水。星光的闪动，草叶上露珠的颤动，花须在微风中的摇动，雷雨时云空的变动，大海中波涛的汹涌，都是在在触动我感兴的情景。是动，不论是什么性质，就是我的兴趣，我的灵感。是动就会催快我的呼吸，加添我的生命。

近来却大大的变样了。第一我自身的肢体，已不如原先灵活；我的心也同样的感受了不知是年岁还是什么的拘絷。动的现象再不能给我欢喜，给我启示。先前我看着在阳光中闪烁的金波，就仿佛看见了神仙宫阙——什么荒诞美丽的幻觉，不在我的脑中一闪闪的掠过；现在不同了，阳光只是阳光，流波只是流波，任凭景色怎样的灿烂，再也照不化我的呆木的心灵。我的思想，如其偶尔有，也只似岩石上的藤萝，贴着枯干的粗糙的石面，极困难的蜒着；颜色是苍黑的，姿态是倔强的。

我自己也不懂得何以这变迁来得这样的兀突，这样的深彻。原先我在人前自觉竟是一注的流泉，在在有飞沫，在在有闪光；现在这泉眼，如其还在，仿佛是叫一块石板不留余隙的给镇住了。我再没有先前那样蓬勃的情趣，每回我想说话的时候，就觉着那石块的重压，怎么也掀不动，怎么也推不开，结果只能自安沉默！“你再不用想什么了，你再没有什么可想的了”；“你再不用开口了，你再没有什么话可说的了”，我常觉得我沉闷的心府里有这样半嘲讽半吊唁的谆嘱。

说来我思想上或经验上也并不曾经受什么过分剧烈的戟刺。我处境是向来顺的，现在，如其有不同，只是更顺了的。那么为什么这变迁？远的不说，就比如我年前到欧洲去时的心境：啊！我那时还不是一只初长毛角的野鹿？

什么颜色不激动我的视觉，什么香味不奋兴我的嗅觉？我记得我在意大利写游记的时候，情绪是何等的活泼，兴趣何等的醇厚，一路来眼见耳听心感的种种，那一样不活栩栩的丛集在我的笔端，争求充分的表现！如今呢？我这次到南方去，来回也有一个多月的光景，这期内眼见耳听心感的事物也该有不少。我未动身前，又何尝不自喜此去又可以有机会饱餐西湖的风色，邓尉的梅香——单提一两件最合我脾胃的事。有好多朋友也曾期望我在这闲暇的假期中采集一点江南风趣，归来时，至少也该带回一两篇爽口的诗文，给在北京泥土的空气中活命的朋友们一些清醒的消遣。但在事实上不但在南中时我白瞪着大眼，看天亮换天昏，又闭上了眼，拼天昏换天亮，一枝秃笔跟着我涉海去，又跟着我涉海回来，正如岩洞里的一根石笋，压根儿就没一点摇动的消息；就在我回京后这十来天，任凭朋友们怎样的催促，自己良心怎样的责备，我的笔尖上还是滴不出一点墨沛来。我也曾勉强想想，勉强想写，但到底还是白费！可怕是这心灵骤然的呆顿。完全死了不成？我自己在疑惑。

说来是时局也许有关系。我到京几天就逢着空前的血案。五卅事件发生时我正在意大利山中，采茉莉花编花篮儿玩，翡冷翠山中只见明星与流萤的交唤，花香与山色的温存，俗氛是吹不到的。直到七月间到了伦敦，我才理会国内风光的惨淡，等得我赶回来时，设想中的激昂，又早变成了明日黄花，看得见的痕迹只有满城黄墙上墨彩斑斓的“泣告”！

这回却不同。屠杀的事实不仅是在我住的城子里发见，我有时竟觉得是我自己的灵府里的一个惨象。杀死的不仅是青年们的生命，我自己的思想也仿佛遭着了致命的打击，比是国务院前的断脰残肢，再也不能回复生动与连贯。但这深刻的难受在我是无名的，是不能完全解释的。这回事变的奇惨性引起愤慨与悲切是一件事，但同时我们也知道在这根本起变态作用的社会里，什么怪诞的情形都是可能的。屠杀无辜，远不是年来最平常的现象。自从内战纠结以来，在受战祸的区域内，那一处村落不曾分到过遭奸污的女性，屠残的骨肉，供牺牲的生命财产？这无非是给冤氛团结的地面上多添一团更集中更鲜艳的怨毒。再说那一个民族的解放史能不浓浓的染着Martyrs的腔血？俄国革命的开幕就是二十年前冬宫的血景。只要我们有识力认定，有胆量实行，我们理想中的革命，这回羔羊的血就不会是白涂的。所以我个人的沉闷决不完全是这回惨案引起的感情作用。

爱和平是我的生性。在怨毒，猜忌，残杀的空气中，我的神经每每感受一种不可名状的压迫。记得前年奉直战争时我过的那日子简直是一团黑漆，每晚更深时，独自抱着脑壳伏在书桌上受罪，仿佛整个时代的沉闷盖在我的头顶——直到写下了《毒药》那几首不成形的咒诅诗以后，我心头的紧张才渐渐的缓和下去。这回又有同样的情形；只觉着烦，只觉着闷，感想来时只是破碎，笔头只是笨滞。结果身体也不舒畅，像是蜡油涂抹住了全身毛窍似的难过，一天过去了又是一天，我这里又在重演更深独坐箍紧脑壳的姿势，窗外皎洁的月光，分明是在嘲讽我内心的枯窘！

不，我还得往更深处按。我不能叫这时局来替我思想骤然的呆顿负责，我得往我自己生活的底里找去。

平常有几种原因可以影响我们的心灵活动。实际生活的牵掣可以劫去我们心灵所需要的闲暇，积成一种压迫。在某种热烈的想望不曾得满足时，我们感觉精神上的烦闷与焦躁，失望更是颠覆内心平衡的一个大原因；较剧烈的种类可以麻痹我们的灵智，淹没我们的理性。但这些都合不上我的病源；因为我在实际生活里已经得到十分的幸运，我的潜在意识里，我敢说不该有什么压着的欲望在作怪。

但是在实际上反过来看，另有一种情形可以阻塞或是减少你心灵的活动。我们知道舒服，健康，幸福，是人生的目标，我们因此推想我们痛苦的起点是在望见那些目标而得不到的时候。我们常听人说“假如我像某人那样生活无忧我一定可以好好的做事，不比现在整天的精神全化在琐碎的烦恼上”。我们又听说“我不能做事就为身体太坏，若是精神来得，那就……”我们又常常设想幸福的境界，我们想“只要有一个意中人在跟前那我一定奋发，什么事做不到？”但是不，在事实上，舒服，健康，幸福，不但不一定是帮助或奖励心灵生活的条件，它们有时正得相反的效果。我们看不起有钱人，在社会上得意人，肌肉过分发展的运动家，也正在此；至于年少人幻想中的美满幸福，我敢说等得当真有了红袖添香，你的书也就读不出所以然来，且不说什么在学问上或艺术上更认真的工作。

那末生活的满足是我的病源吗？

“在先前的日子，”一个真知我的朋友，就说：“正为是你生活不得平衡，正为你有欲望不得满足，你的压在内里的Libido[2]就形成一种升华的现象，结果你就借文学来发泄你生理上的郁结（你不常说你从事文学是一件不预期的事吗？）；这情形又容易在你的意识里形成一种虚幻的希望，因为你的写作得到一部分赞许，你就自以为确有相当创作的天赋以及独立思想的能力。但你只是自冤自，实在你并没有什么超人一等的天赋，你的设想多半是虚荣，你的以前的成绩只是升华的结果。所以现在等得你生活换了样，感情上有了安顿，你就发见你向来写作的来源顿呈萎缩甚至枯竭的现象；而你又不愿意承认这情形的实在，妄想到你身子以外去找你思想枯窘的原因，所以你就不由的感到深刻的烦闷。你只是对你自己生气，不甘心承认你自己的本相。不，你原来并没有三头六臂的！

“你对文艺并没有真兴趣，对学问并没有真热心。你本来没有什么更高的志愿，除了相当合理的生活，你只配安分做一个平常人，享你命里注定的‘幸福’；在事业界，在文艺创作界，在学问界内，全没有你的位置，你真的没有那能耐。不信你只要自问在你心里的心里有没有那无形的‘推力’，整天整夜的恼着你，逼着你，督着你，放开实际生活的全部，单望着不可捉摸的创作境界里去冒险？是的，顶明显的关键就是那无形的推力或是冲动（The Impulse），没有它人类就没有科学，没有文学，没有艺术，没有一切超越功利实用性质的创作。你知道在国外（国内当然也有，许没那样多）有多少人被这无形的推力驱使，在实际生活上变成一种离魂病性质的变态动物，不但人间所有的虚荣永远沾不上他们的思想，就连维持生命的睡眠饮食，在他们都失了重要，他们全部的心力只是在他们那无形的推力所指示的特殊方向上集中应用。怪不得有人说天才是疯癫；我们在巴黎、伦敦不就到处碰得着这类怪人？如其他是一个美术家，恼着他的就只怎样可以完全表现他那理想中的形体；一个线条的准确，某种色彩的调谐，在他会得比他生身父母的生死与国家的存亡更重要，更迫切，更要求注意。我们知道专门学者有终身掘坟墓的，研究蚊虫生理的，观察亿万万里外一个星的动定的。并且他们决不问社会对于他们的劳力有否任何的认识，那就是虚荣的进路；他们是被一点无形的推力的魔鬼蛊定了的。

“这是关于文艺创作的话。你自问有没有这种情形。你也许经验过什么‘灵感’，那也许有，但你却不要把刹那误认作永久的，虚幻认作真实。至于说思想与真实学问的话，那也得背后有一种推力，方向许不同，性质还是不变。做学问你得有原动的好奇心，得有天然热情的态度去做求知识的工夫。真思想家的准备，除了特强的理智，还得有一种原动的信仰；信仰或寻求信仰，是一切思想的出发点：极端的怀疑派思想也只是期望重新位置信仰的一种努力。从古来没有一个思想家不是宗教性的。在他们，各按各的倾向，一切人生的和理智的问题是实在有的；神的有无，善与恶，本体问题，认识问题，意志自由问题，在他们看来都是含逼迫性的现象，要求合理的解答——比山岭的崇高，水的流动，爱的甜蜜更真，更实在，更耸动。他们的一点心灵，就永远在他们设想的一种或多种问题的周围飞舞，旋绕，正如灯蛾之于火焰：牺牲自身来贯彻火焰中心的秘密，是他们共有的决心。

“这种惨烈的情形，你怕也没有吧？我不说你的心幕上就没有思想的影子；但它们怕只是虚影，像水面上的云影，云过影子就跟着消散，不是石上的溜痕越日久越深刻。

“这样说下来，你倒可以安心了！因为个人最大的悲剧是设想一个虚无的境界来谎骗你自己；骗不到底的时候你就得忍受‘幻灭’的莫大的苦痛。与其那样，还不如及早认清自己的深浅，不要把不必要的负担，放上支撑不住的肩背，压坏你自己，还难免旁人的笑话！朋友，不要迷了，定下心来享你现成的福分吧；思想不是你的分，文艺创作不是你的分，独立的事业更不是你的分！天生扛了重担来的那也没法想。（那一个天才不是活受罪！）你是原来轻松的，这是多可羡慕，多可贺喜的一个发见！算了吧，朋友！”

一九二六年三月二十五至四月一日作

辑三

去有风的旷野

湘行二记

汪曾祺

桃花源记

汽车开进桃花源，车中一眼看见一棵桃树上还开着花，只有一枝，四五朵，通红的，如同胭脂。十一月天气，还开桃花！这四五朵红花似乎想努力地证明：这里确实是桃花源。

有一位原来也想和我们一同来看看桃花源的同志，听说这个桃花源是假的，就没有多大兴趣，不来了。这位同志真是太天真了。桃花源怎么可能是真的呢？《桃花源记》是一篇寓言。中国有几处桃花源，都是后人根据《桃花源诗并记》附会出来的。先有《桃花源记》，然后有桃花源。不过如果要在中国选举出一个桃花源，这一个应该有优先权。这个桃花源在湖南桃源县，桃源旧属武陵。而且这里有一条小溪，直通沅江。陶渊明的《桃花源记》不是这样说的么：“晋太原中，武陵人，捕鱼为业，缘溪行，忘路之远近……”

刚放下旅行包，文化局的同志就来招呼去吃擂茶。耳擂茶之名久矣，此来一半为擂茶，没想到下车后第一个节目便是吃擂茶，当然很高兴。茶叶、老姜、芝麻，加盐，放在一个擂钵里，用硬杂木做的擂棒“擂”成细末，用开水冲开，便是擂茶。吃擂茶时还要摆出十几个碟子，里面装的是炒米、炒黄豆、炒绿豆、炒包谷、炒花生、砂炒红薯片、油炸锅巴、泡菜、酸辣藠头……边喝边吃。擂茶别具风味，连喝几碗，浑身舒服。佐茶的茶食也都很好吃，藠头尤其好。我吃过的藠头多矣，江西的、湖北的、四川的……但都不如这里的又酸又甜又辣，桃源藠头滋味之浓，实为天下冠。桃源人都爱喝擂茶。有的农民家，夏天中午不吃饭，就是喝一顿擂茶。问起擂茶的来历，说是：诸葛亮带兵到这里，士兵得了瘟疫，遍请名医，医治无效，有一个老婆婆说：“我会治！”她熬了几大锅擂茶，说：“喝吧！”士兵喝了擂茶，都好了。这种说法当然也只好姑妄听之。诸葛亮有没有带兵到过桃源，无可稽考。根据印象，这一带在三国时应是吴国的地方，若说是鲁肃或周瑜的兵，还差不多。我总怀疑，这种喝茶法是宋代传下来的。《都城纪胜·茶坊》载："冬天兼卖擂茶"。《梦粱录》"茶肆"条载："冬月添卖七宝擂茶"。有一本书载："杭州人一天吃三十丈木头"，指的是每天消耗的"擂槌"的表层木质。"擂槌"大概就是桃源人所说的擂棒。"一天吃三十丈木头"，形容杭州人口之多。

擂槌可以擂别的东西，当然也可以擂茶。"擂"这个字是从宋代沿用下来的。"擂"者，擂而细之之谓也，跟擂鼓的擂不是一个意思。茶里放姜，见于《水浒传》，王婆家就有这种茶卖，《水浒传》第二十四回写道："便浓浓的点两盏姜茶，将来放在桌子上"。从字面看，这种茶里有茶叶，有姜，至于还放不放别的什么，只好阙闻了。反正，王婆所卖之茶与桃源擂茶有某种渊源，是可以肯定的。湖南省不少地方喝"芝麻豆子茶"，即在茶里放入炒熟且碾碎的芝麻、黄豆、花生，也有放姜的，好像不加盐，茶叶则是整的，并不擂细，而且喝干了茶水还把叶子捞出来放进嘴里嚼嚼吃了，这可以说是擂茶的嫡堂兄弟。湖南人爱吃姜。十多年前在醴陵、浏阳一带旅行，公共汽车一到站，就有人托了一个磁盘，里面装的是插在牙签上的切得薄薄的姜片，一根牙签上插五六片，卖与过客。本地人掏出角把钱，买得几串，就坐在车里吃起来，像吃水果似的。大概楚地卑湿，故湘人保存了不撤姜食的习惯。生姜、茶叶可以治疗某些外感，是一般的本草书上都讲过的。北方的农村也有把茶叶、芝麻一同放在嘴里生嚼用来发汗的偏方。因此，说擂茶最初起于医治兵士的时症，不为无因。

上午在山上桃花观里看了看。进门是一正殿，往后高处是“古隐君子之堂”。两侧各有一座楼，一名“蹑风”，用陶渊明“愿言蹑轻风”诗意；一名“玩月”，用刘禹锡故实。楼皆三面开窗，后为墙壁，颇小巧，不俗气。观里的建筑都不甚高大，疏疏朗朗，虽为道观，却无甚道士气，既没有一气三清的坐像，也没有伸着手掌放掌心雷降妖的张天师。楹联颇多，联语多隐括《桃花源记》词句，也与道教无关。这些联匾在“文化大革命”中由一看山的老人摘下藏了起来，没有交给破四旧的红卫兵，故能完整地重新挂出来，也算万幸了。

下午下山，去钻了“秦人洞”。洞口倒是有点像《桃花源记》所写的那样，“山有小口，仿佛若有光”，“初极狭，才通人”。洞里有小小流水，深不过人脚面，然而源源不竭，蜿蜒流至山下。走了几十步，豁然开朗了，但并不是“土地平旷。屋舍俨然，有良田桑竹之属，阡陌交通，鸡犬相闻”。后面有一点平地，也有一块稻田，田中插一木牌，写着：“千丘田”，实际上只有两间房子那样大，是特意开出来种了稻子应景的。有两个水池子，山上有一个擂茶馆，再后就又是山了。如此而已。因此不少人来看了，都觉得失望，说是“不像”。这些同志也真是天真。他们大概还想遇见几个避乱的秦人，请到家里，设酒杀鸡来招待他一番，这才满意。

看了秦人洞，便扶向路下山。山下有方竹亭，亭极古拙，四面有门而无窗，墙甚厚，拱顶，无梁柱，云是明代所筑，似可信。亭后旧有方竹，为国民党的兵砍尽。竹子这个东西，每隔三年，须删砍一次，不则挤死；然亦不能砍尽，砍尽则不复长。现在方竹亭后仍有一丛细竹，导游的说明牌上说：这种竹子看起来是圆的，摸起来是方的。摸了摸，似乎有点楞。但一切竹竿似皆不尽浑圆，这一丛细竹是补种来应景的，和我在成都薛涛井旁所见方竹不同，——那是真正“的角四方”的。方竹亭前原来有很多碑，“文化大革命”中都被红卫兵椎碎了，剩下一些石头乌龟昂着头空空地坐在那里。据说有一块明朝的碑，字写得很好，不知还能不能找到拓本。

旧的碑毁掉了，新的碑正在造出来。就在碎碑残骸不远处，有几个石工正在丁丁地斫治。一个小伙子在一块桃源石的巨碑上浇了水，用一块油石在慢慢地磨着。碑石绿如艾叶，很好看。桃源石很硬，磨起来很不容易。问："磨这样一块碑得用多少工？"——"好多工啊？哪晓得呢！反正磨光了算！"这回答真有点无怀氏之民的风度。

晚饭后，管理处的同志摆出了纸墨笔砚，请求写几个字，把上午吃擂茶时想出的四句诗写给了他们：

红桃曾照秦时月，
黄菊重开陶令花。
大乱十年成一梦，
与君安坐吃擂茶。

晚宿观旁的小招待所，栏杆外面，竹树萧然，极为幽静，桃花源虽无真正的方竹，但别的竹子都可看。竹子都长得很高，节子也长，竹叶细碎，姗姗可爱，真是所谓修竹。树都不粗壮，而都甚高。大概树都是从谷底长上来的，为了够得着日光，就把自己拉长了。竹叶间有小鸟穿来穿去，绿如竹叶，才一寸多长。

修竹姗姗节子长，
山中高树已经霜。
经霜竹子皆无语，
小鸟啾啾为底忙？

晨起，至桃花观门外闲眺，下起了小雨。

山下鸡鸣相应答，
林间鸟语自高低。
芭蕉叶响知来雨，
已觉清流涨小溪。

作了一日武陵人，临去，看那个小伙子磨的石碑，似乎进展不大。门口的桃花还在开着。

岳阳楼记

岳阳楼值得一看。

长江三胜，滕王阁、黄鹤楼都没有了，就剩下这座岳阳楼了。

岳阳楼最初是唐开元中中书令张说所建，但在一般中国人印象里，它是滕子京建的。滕子京之所以出名，是由于范仲淹的《岳阳楼记》。中国过去的读书人很少没有读过《岳阳楼记》的。《岳阳楼记》一开头就写道：“庆历四年春，滕子京谪守巴陵郡。越明年，政通人和，百废俱兴……”虽然范记写得很清楚，滕子京不过是“重修岳阳楼，增其旧制”，然而大家不甚注意，总以为这是滕子京建的。岳阳楼和滕子京这个名字分不开了。滕子京一生做过什么事，大家不去理会，只知道他修建了岳阳楼，好像他这辈子就做了这一件事。滕子京因为岳阳楼而不朽，而岳阳楼又因为范仲淹的一记而不朽。若无范仲淹的《岳阳楼记》，不会有那么多人知道岳阳楼，有那么多人对它向往。《岳阳楼记》通篇写得很好，而尤其为人传诵者，是“先天下之忧而忧，后天下之乐而乐”这两句名言。可以这样说：岳阳楼是由于这两句名言而名闻天下的。这大概是滕子京始料所不及，亦为范仲淹始料所不及。这位“胸中自有数万甲兵”的范老子的事迹大家也多不甚了了，他流传后世的，除了几首词，最突出的，便是一篇《岳阳楼记》和《记》里的这两句话。这两句话哺育了很多后代人，对中国知识分子的品德的形成，产生了极其深远的影响。匹夫而为百世师，一言而为天下法，呜呼，立言的价值之重且大矣，可不慎哉！

写这篇《记》的时候，范仲淹不在岳阳，他被贬在邓州，即今延安，而且听说他根本就没有到过岳阳，《记》中对岳阳楼四周景色的描写，完全出诸想象。这真是不可思议的事。他没有到过岳阳，可是比许多久住岳阳的人看到的还要真切。岳阳的景色是想象的，但是“先天下之忧而忧，后天下之乐而乐”的思想却是久经考虑，出于胸臆的，真实的、深刻的。看来一篇文章最重要的是思想。有了独特的思想，才能调动想象，才能把在别处所得到的印象概括集中起来。范仲淹虽可能没有看到过洞庭湖，但是他看到过很多巨浸大泽。他是吴县人，太湖是一定看过的。我很怀疑他对洞庭湖的描写，有些是从太湖印象中借用过来的。

现在的岳阳楼早已不是滕子京重修的了。这座楼烧掉了几次。据《巴陵县志》载：岳阳楼在明崇祯十二年毁于火，推官陶宗孔重建。清顺治十四年又毁于火，康熙二十二年由知府李遇时、知县赵士珩捐资重建。康熙二十七年又毁于火，直到乾隆五年由总督班第集资修复。因此范记所云“刻唐贤、今人诗赋于其上”，已不可见。现在楼上刻在檀木屏上的《岳阳楼记》系张照所书，楼里的大部分楹联是到处写字的“道州何绍基”写的，张、何皆乾隆间人。但是人们还相信这是滕子京修的那座楼，因为范仲淹的《岳阳楼记》实在太深入人心了。也很可能，后来两次修复，都还保存了滕楼的旧样。九百多年前的规模格局，至今犹能得其仿佛，斯可贵矣。

我在别处没有看见过一个像岳阳楼这样的建筑。全楼为四柱、三层、盔顶的纯木结构。主楼三层，高十五米，中间以四根楠木巨柱从地到顶承荷全楼大部分重力，再用十二根宝柱作为内围，外围绕以十二根檐柱，彼此牵制，结为整体。全楼纯用木料构成，逗缝对榫，没用一钉一铆，一块砖石。楼的结构精巧，但是看起来端庄浑厚，落落大方，没有搔首弄姿的小家气，在烟波浩淼的洞庭湖上很压得住，很有气魄。

岳阳楼本身很美，尤其美的是它所占的地势。“滕王高阁临江渚”，看来和长江是有一段距离的。黄鹤楼在蛇山上，晴川历历，芳草萋萋，宜俯瞰，宜远眺，楼在江之上，江之外，江自江，楼自楼。岳阳楼则好像直接从洞庭湖里长出来的。楼在岳阳西门之上，城门口即是洞庭湖。伏在楼外女墙上，好像洞庭湖就在脚底，丢一个石子，就能听见水响。楼与湖是一整体。没有洞庭湖，岳阳楼不成其为岳阳楼；没有岳阳楼，洞庭湖也就不成其为洞庭湖了。站在岳阳楼上，可以清清楚楚看到湖中帆船来往，渔歌互答，可以扬声与舟中人说话；同时又可远看浩浩汤汤，横无际涯，北通巫峡，南极潇湘的湖水，远近咸宜，皆可悦目。“气吞云梦泽，波撼岳阳城”，并非虚语。

我们登岳阳楼那天下雨，游人不多。有三四级风，洞庭湖里的浪不大，没有起白花。本地人说不起白花的是“波”，起白花的是“涌”。“波”和“涌”有这样的区别，我还是第一次听到。这可以增加对于“洞庭波涌连天雪”的一点新的理解。

夜读《岳阳楼诗词选》。读多了，有千篇一律之感。最有气魄的还是孟浩然的那一联，和杜甫的“吴楚东南坼，乾坤日夜浮”。刘禹锡的“遥望洞庭山水翠，白银盘里一青螺”，化大境界为小景，另辟蹊径。许棠因为《洞庭》一诗，当时号称“许洞庭”，但“四顾疑无地，中流忽有山”，只是工巧而已。滕子京的《临江仙》把“气蒸云梦泽，波撼岳阳城”，“曲终人不见，江上数峰青”整句地搬了进来，未免过于省事！吕洞宾的绝句：“朝游岳鄂暮苍梧，袖里青蛇胆气粗。三醉岳阳人不识，朗吟飞过洞庭湖”，很有点仙气，但我怀疑这是伪造的（清人陈玉垣《岳阳楼》诗有句云：“堪惜忠魂无处奠，却教羽客踞华楹”，他主张岳阳楼上当奉屈左徒为宗主，把楼上的吕洞宾的塑像请出去，我准备投他一票）。写得最美的，还是屈大夫的“嫋嫋兮秋风，洞庭波兮木叶下。”两句话，把洞庭湖就写完了！

一九八二年十二月八日 北京

潭柘寺 戒坛寺

朱自清

早就知道潭柘寺，戒坛寺。在商务印书馆的《北平指南》上，见过潭柘的铜图，小小的一块，模模糊糊的，看了一点没有想去的意思。后来不断地听人说起这两座庙；有时候说路上不平静，有时候说路上红叶好。说红叶好的劝我秋天去；但也有人劝我夏天去。有一回骑驴上八大处，赶驴的问逛过潭柘没有，我说没有。他说潭柘风景好，那儿满是老道，他去过，离八大处七八十里地，坐轿骑驴都成。我不大喜欢老道的装束，尤其是那满蓄着的长头发，看上去啰里啰唆，龌里龌龊的。更不想骑驴走七八十里地，因为我知道驴子与我都受不了。真打动我的倒是“潭柘寺”这个名字。不懂不是？就是不懂的妙。躲懒的人念成“潭拓寺”，那更莫名其妙了。这怕是中国文法的花样；要是来个欧化，说是“潭和柘的寺”，那就用不着咬嚼或吟味了。还有在一部诗话里看见近人咏戒台松的七古，诗腾挪夭矫，想来松也如此。所以去。但是在夏秋之前的春天，而且是早春；北平的早春是没有花的。

这才认真打听去过的人。有的说住潭柘好，有的说住戒坛好。有的人说路太难走，走到了筋疲力尽，再没兴致玩儿；有人说走路有意思。又有人说，去时坐了轿子，半路上前后两个轿夫吵起来，把轿子搁下，直说不抬了。于是心中暗自决定，不坐轿，也不走路；取中道，骑驴子。又按普通说法，总是潭柘寺在前，戒坛寺在后，想着戒坛寺一定远些；于是决定住潭柘，因为一天回不来，必得住。门头沟下车时，想着人多，怕雇不着许多驴，但是并不然——雇驴的时候，才知道戒坛去便宜一半，那就是说近一半。这时候自己忽然逞起能来，要走路。走吧。

这一段路可够瞧的。像是河床，怎么也挑不出没有石子的地方，脚底下老是绊来绊去的，教人心烦。又没有树木，甚至于没有一根草。这一带原是煤窑，拉煤的大车往来不绝，尘土里饱和着煤屑，变成黯淡的深灰色，教人看了透不出气来。走一点钟光景。自己觉得已经有点办不了，怕没有走到便筋疲力尽；幸而山上下来一条驴，如获至宝似地雇下，骑上去。这一天东风特别大。平常骑驴就不稳，风一大真是祸不单行。山上东西都有路，很窄，下面是斜坡；本来从西边走，驴夫看风势太猛，将驴拉上东路。就这么着，有一回还几乎让风将驴吹倒；若走西边，没有准儿会驴我同归哪。想起从前人画风雪骑驴图，极是雅事；大概那不是上潭柘寺去的。驴背上照例该有些诗意，但是我，下有驴子，上有帽子眼镜，都要照管；又有迎风下泪的毛病，常要掏手巾擦干。当其时真恨不得生出第三只手来才好。

东边山峰渐起，风是过不来了；可是驴也骑不得了，说是坎儿多。坎儿可真多。这时候精神倒好起来了：崎岖的路正可以练腰脚，处处要眼到心到脚到，不像平地上。人多更有点竞赛的心理，总想走上最前头去，再则这儿的山势虽然说不上险，可是突兀，丑怪，巉刻的地方有的是。我们说这才有点儿山的意思；老像八大处那样，真教人气闷闷的。于是一直走到潭柘寺后门；这段坎儿路比风里走过的长一半，小驴毫无用处，驴夫说："咳，这不过给您做个伴儿！"

墙外先看见竹子，且不想进去。又密，又粗，虽然不够绿。北平看竹子，真不易。又想到八大处了，大悲庵殿前那一溜儿，薄得可怜，细得也可怜，比起这儿，真是小巫见大巫了。进去过一道角门，门旁突然亭亭地矗立着两竿粗竹子，在墙上紧紧地挨着；要用批文章的成语，这两竿竹子足称得起“天外飞来之笔”。

正殿屋角上两座琉璃瓦的鸱吻，在台阶下看，值得徘徊一下。神话说殿基本是青龙潭，一夕风雨，顿成平地，涌出两鸱吻。只可惜现在的两座太新鲜，与神话的朦胧幽秘的境界不相称。但是还值得看，为的是大得好，在太阳里嫩黄得好，闪亮得好；那拴着的四条黄铜链子也映衬得好。寺里殿很多，层层折折高上去，走起来已经不平凡，每殿大小又不一样，塑像摆设也各出心裁。看完了，还觉得无穷无尽似的。正殿下延清阁是待客的地方，远处群山像屏障似的。屋子结构甚巧，穿来穿去，不知有多少间，好像一所大宅子。可惜尘封不扫，我们住不着。话说回来，这种屋子原也不是预备给我们这么多人挤着住的。寺门前一道深沟，上有石桥；那时没有水，或是现在去，倚在桥上听潺潺的水声，倒也可以忘我忘世。过桥四株马尾松，枝枝覆盖，叶叶交通，另成一个境界。西边小山上有个古观音洞。洞无可看，但上去时在山坡上看潭柘的侧面，宛如仇十洲的《仙山楼阁图》；往下看是陡峭的沟岸，越显得深深无极，潭柘简直有海上蓬莱的意味了。寺以泉水著名，到处有石槽引水长流，倒也涓涓可爱。只是流觞亭雅得那样俗，在石地上楞刻着蚯蚓般的槽；那样流觞，怕只有孩子们愿意干。现在兰亭的“流觞曲水”也和这儿的一鼻孔出气，不过规模大些。晚上因为带的铺盖薄，冻得睁着眼，却听了一夜的泉声；心里想要不冻着，这泉声够多清雅啊！寺里并无一个老道，但那几个和尚，满身铜臭，满眼势利，教人老不能忘记，倒也麻烦的。

第二天清早，二十多人满雇了牲口，向戒坛而去，颇有浩浩荡荡之势。我的是一匹骡子，据说稳得多。这是第一回，高高兴兴骑上去。这一路要翻罗喉岭。只是土山，可是道儿窄，又曲折；虽不高，老那么凸凸凹凹的。许多处只容得一匹牲口过去。平心说，是险点儿。想起古来用兵，从间道袭敌人，许也是这种光景吧。

戒坛在半山上，山门是向东的。一进去就觉得平旷；南面只有一道低低的砖栏，下边是一片平原，平原尽处才是山，与众山屏蔽的潭柘气象便不同。进二门，更觉得空阔疏朗，仰看正殿前的平台，仿佛汪洋千顷。这平台东西很长，是戒坛最胜处，眼界最宽，教人想起“振衣千仞冈”的诗句。三株名松都在这里。“卧龙松”与“抱塔松”同是偃仆的姿势，身躯奇伟，鳞甲苍然，有飞动之意。“九龙松”老干槎枒，如张牙舞爪一般。若在月光底下，森森然的松影当更有可看。此地最宜低徊流连，不是匆匆一览所可领略。潭柘以层折胜，戒坛以开朗胜；但潭柘似乎更幽静些。戒坛的和尚，春风满面，却远胜于潭柘的；我们之中颇有悔不该在潭柘的。戒坛后山上也有个观音洞。洞宽大而深，大家点了火把嚷嚷闹闹地下去；半里光景的洞满是油烟，满是声音。洞里有石虎，石龟，上天梯，海眼等等，无非是凑凑人的热闹而已。

还是骑骡子。回到长辛店的时候，两条腿几乎不是我的了。

1934年8月3日作。

白马湖

朱自清

今天是个下雨的日子。这使我想起了白马湖；因为我第一回到白马湖，正是微风飘萧的春日。

白马湖在甬绍铁道的驿亭站，是个极小极小的乡下地方。在北方说起这个名字，管保一百个人一百个人不知道。但那却是一个不坏的地方。这名字先就是一个不坏的名字。据说从前（宋时？）有个姓周的骑白马入湖仙去，所以有这个名字。这个故事也是一个不坏的故事。假使你乐意搜集，或也可编成一本小书，交北新书局印去。

白马湖并非圆圆的或方方的一个湖，如你所想到的，这是由曲折折大大小小许多湖的总名。湖水清极了，如你所能想到的，一点儿不含糊像镜子。沿铁路的水，再没有比这里清的，这是公论。遇到旱年的夏季，别处湖里都长了草，这里却还是一清如故。白马湖最大的，也是最好的一个，便是我们住过的屋的门前那一个。那个湖不算小，但湖口让两面的山包抄住了。外面只见微微的碧波而已，想不到有那么大的一片。湖的尽里头，有一个三四十户人家的村落，叫做西徐岙，因为姓徐的多。这村落与外面本是不相通的，村里人要出来得撑船。后来春晖中学在湖边造了房子，这才造了两座玲珑的小木桥，筑起一道煤屑路，直通到驿亭车站。那是窄窄的一条人行路，蜿蜒曲折的，路上虽常不见人，走起来却不见寂寞——。尤其在微雨的春天，一个初到的来客，他左顾右盼，是只有觉得热闹的。

春晖中学在湖的最胜处，我们住过的屋也相去不远，是半西式。湖光山色从门里从墙头进来，到我们窗前、桌上。我们几家接连着；丏翁的家最讲究。屋里有名人字画，有古瓷，有铜佛，院子里满种着花。屋子里的陈设又常常变换，给人新鲜的受用。他有这样好的屋子，又是好客如命，我们便不时地上他家里喝老酒。丏翁夫人的烹调也极好，每回总是满满的盘碗拿出来，空空的收回去。白马湖最好的时候是黄昏。湖上的山笼着一层青色的薄雾，在水面映着参差的模糊的影子。水光微微地暗淡，像是一面古铜镜。轻风吹来，有一两缕波纹，但随即平静了。天上偶见几只归鸟，我们看着它们越飞越远，直到不见为止。这个时候便是我们喝酒的时候。我们说话很少；上了灯话才多些，但大家都已微有醉意。是该回家的时候了。若有月光也许还得徘徊一会；若是黑夜，便在暗里摸索醉着回去。

白马湖的春日自然最好。山是青得要滴下来，水是满满的、软软的。小马路的两边，一株间一株地种着小桃与杨柳。小桃上各缀着几朵重瓣的红花，像夜空的疏星。杨柳在暖风里不住地摇曳。在这路上走着，时而听见锐而长的火车的笛声是别有风味的。在春天，不论是晴是雨，是月夜是黑夜，白马湖都好。——雨中田里菜花的颜色最早鲜艳；黑夜虽什么不见，但可静静地受用春天的力量。夏夜也有好处，有月时可以在湖里划小船，四面满是青霭。船上望别的村庄，像是蜃楼海市，浮在水上，迷离惝恍的；有时听见人声或犬吠，大有世外之感。若没有月呢，便在田野里看萤火。那萤火不是一星半点的，如你们在城中所见；那是成千成百的萤火。一片儿飞出来，像金线网似的，又像耍着许多火绳似的。只有一层使我愤恨。那里水田多，蚊子太多，而且几乎全闪闪烁烁是疟蚊子。我们一家都染了疟病，至今三四年了，还有未断根的。蚊子多足以减少露坐夜谈或划船夜游的兴致，这未免是美中不足了。

离开白马湖是三年前的一个冬日。前一晚“别筵”上，有丏翁与云君，我不能忘记丏翁，那是一个真挚豪爽的朋友。但我也不能忘记云君，我应该这样说，那是一个可爱的——孩子。

七月十四日，北平。

天目山中笔记

徐志摩

佛于大众中 说我当作佛

闻如是法音 疑悔悉已除

初闻佛所说 心中大惊疑

将非魔作佛 恼乱我心耶

——莲华经譬喻品

山中不定是清静。庙宇在参天的大木中间藏著，早晚间有的是风，松有松声，竹有竹韵，鸣的禽，叫的虫子，阁上的大钟，殿上的木鱼，庙身的左边右边都安着接泉水的粗毛竹管，这就是天然的笙箫，时缓时急的参和着天空地上种种的鸣籁。静是不静的；但山中的声响，不论是泥土里的蚯蚓叫或是轿夫们深夜里“唱宝”的异调，自有一种个别处：它来得纯粹，来得清亮，来得透彻，冰水似的沁入你的脾肺；正如你在泉水里洗濯过后觉得清白些，这些山籁，虽则一样是音响，也分明有洗净的功能。

夜间这些清籁摇着你入梦，清早上你也从这些清籁的怀抱中苏醒。

山居是福，山上有楼住更是修得来的。我们的楼窗开处是一片蓊葱的林海；林海外更有云海！日的光，月的光，星的光：全是你的。从这三尺方的窗户你接受自然的变幻；从这三尺方的窗户你散放你情感的变幻。自在；满足。

今早梦回时睁眼见满帐的霞光。鸟雀们在赞美；我也加入一份。它们的是清越的歌唱，我的是潜深一度的沉默。

钟楼中飞下一声洪钟，空山在音波的磅礴中震荡。这一声钟激起了我的思潮。不，潮字太夸；说思流罢。耶教人说阿门，印度教人说“欧姆”“O—m”，与这钟声的嗡嗡，同是从撮口外摄到合口内包的一个无限的波动：分明是外扩，却又是内潜；一切在它的周缘，却又在它的中心；同时是皮又是核，是轴亦复是廓。这伟大奥妙的

“Om”使人感到动，又感到静；从静中见动，又从动中见静。从安住到飞翔，又从飞翔回复安住；从实在境界超入妙空，又从妙空化生实在：——

“闻佛柔软香，深远甚微妙。”

多奇异的力量！多奥妙的启示！包容一切冲突性的现象，扩大刹那间的视域，这单纯的音响，于我是一种智灵的洗净。花开，花落，天外的流星与田畦间的飞萤，上绾云天的青松，下临绝海的巉岩，男女的爱，珠宝的光，火山的溶液：一婴儿在它的摇篮中安眠。

这山上的钟声是昼夜不间歇的，平均五分钟时一次。打钟的和尚独自在钟头上住着，据说他已经不间歇的打了十一年钟，他的愿心是打到他不能动弹的那天。钟楼上供着菩萨，打钟人在大钟的一边安着他的“座”，他每晚是坐着安神的，一只手挽着钟棰的一头，从长期的习惯，不叫睡眠耽误他的职司。“这和尚，”我自忖，“一定是有道理的！和尚是没道理的多：方才那知客僧想把七窍蒙充六根，怎么算总多了一个鼻孔或是耳孔；那方丈师的谈吐里不少某督军与某省长的点缀；那管半山亭的和尚更是贪嗔的化身，无端摔破了两个无辜的茶碗。但这打钟和尚，他一定不是庸流不能不去看看！”他的年岁在五十开外，出家有二十几年，这钟楼，不错，是他管的，这钟是他打的（说着他就过去撞了一下），他每晚，也不错，是坐着安神的，但此外，可怜，我的俗眼竟看不出什么异样。他拂拭着神龛，神座，拜垫，换上香烛，掇一盂水，洗一把青菜，捻一把米，擦干了手接受香客的布施，又转身去撞一声钟。他脸上看不出修行的清癯，却没有失眠的倦态，倒是满满的不时有笑容的展露；念什么经；不，就念阿弥陀佛，他竟许是不认识字的。“那一带是什么山，叫什么，和尚？”“这里是天目山，”他说。“我知道，我说的是那一带的，”我手点着问。“我不知道，”他回答。

山上另有一个和尚，他住在更上去昭明太子读书台的旧址，盖着几间屋，供着佛像，也归庙管的，叫作茅棚。但这不比得普渡山上的真茅棚，那看了怕人的，坐着或是偎着修行的和尚没一个不是鹄形鸠面，鬼似的东西。他们不开口的多，你爱布施什么就放在他跟前的篓子或是盘子里，他们怎么也不睁眼，不出声，随你给的是金条或是铁条。人说得更奇了。有的半年没有吃过东西，不曾挪过窝，可还是没有死，就这冥冥的坐着。他们大约离成佛不远了，单看他们的脸色，就比石片泥土不差什么，一样这黑刺刺，死僵僵的。“内中有几个，”香客们说，“已经成了活佛，我们的祖母早三十年来就看见他们这样坐着的！”

但天目山的茅棚以及茅棚里的和尚，却没有那样的浪漫出奇。茅棚是尽够蔽风雨的屋子，修道的也是活鲜鲜的人，虽则他并不因此减却他给我们的趣味。他是一个高身材，黑面目，行动迟缓的中年人；他出家将近十年，三年前坐过禅关，现在这山上茅棚里来修行；他在俗家时是个商人，家中有父母兄弟姊妹，也许还有自身的妻子；他不曾明说他中年出家的缘由，他只说“俗业太重了，还是出家从佛的好”，但从他沉着的语音与持重的神态中可以觉出他不仅是曾经在人事上受过磨折，并且是在思想上能分清黑白的人。他的口，他的眼，都泄漏着他内里强自抑制，魔与佛交斗的痕迹；说他是放过火杀过人的忏悔者，可信；说他是个回头的浪子，也可信。他不比那钟楼上人的不着颜色，不露曲折：他分明是色的世界里逃来的一个囚犯。三年的禅关，三年的草棚，还不曾压倒，不曾灭净，他肉身的烈火。“俗业太重了，不如出家从佛的好”；这话里岂不颤栗着一往忏悔的深心？我觉着好奇；

我怎么能得知他深夜趺坐时意念的究竟？

佛于大众中 说我当作佛
闻如是法音 疑悔悉已除
初闻佛所说 心中大惊疑
将非魔作佛 恼乱我心耶

但这也许看太奥了。我们承受西洋人生观洗礼的，容易把做人看太积极，入世的要求太猛烈，太不肯退让，把住这热虎虎的一个身子一个心放进生活的轧床去，不叫他留存半点汁水回去；非到山穷水尽的时候，决不肯认输，退后，收下旗帜；并且即使承认了绝望的表示，他往往直接向生存本体的取决，不来半不阑珊的收回了步子向后退：宁可自杀，干脆的生命的断绝，不来出家，那是生命的否认。不错，西洋人也有出家做和尚做尼姑的，例如亚佩腊与爱洛绮丝，但在他们是情感方面的转变，原来对人的爱移作对上帝的爱，这知感的自体与它的活动依旧不含糊的在着；在东方人，这出家是求情感的消灭，皈依佛法或道法，目的在自我一切痕迹的解脱。再说，这出家或出世的观念的老家，是印度不是中国，是跟着佛教来的；印度可以会发生这类思想，学者们自有种种哲理上乃至物理上的解释，也尽有趣味的。中国何以能容留这类思想，并且在实际上出家做尼僧的今天不比以前少（我新近一个朋友差一点做了小和尚！），这问题正值得研究，因为这分明不仅仅是个知识乃至意识的浅深问题，也许这情形尽有极有趣味的解释的可能，我见闻浅，不知道我们的学者怎样想法，我愿意领教。

一九二六年八月作

翡冷翠山居闲话

徐志摩

在这里出门散步去，上山或是下山，在一个晴好的五月的向晚，正像是去赴一个美的宴会，比如去一果子园，那边每株树上都是满挂着诗情最秀逸的果实，假如你单是站著看还不满意时，只要你一伸手就可以采取，可以恣尝鲜味，足够你性灵的迷醉。阳光正好暖和，决不过暖；风息是温驯的，而且往往因为他是从繁花的山林里吹度过来他带来一股幽远的澹香，连着一息滋润的水气，摩挲著你的颜面，轻绕着你的肩腰，就这单纯的呼吸已是无穷的愉快；空气总是明净的，近谷内不生烟，远山上不起霭，那美秀风景的全部正像画片似的展露在你的眼前，供你闲暇的鉴赏。

作客山中的妙处，尤在你永不须踌躇你的服色与体态；你不妨摇曳著一头的蓬草，不妨纵容你满腮的苔藓；你爱穿什么就穿什么；扮一个牧童，扮一个渔翁，装一个农夫，装一个走江湖的桀卜闪，装一个猎户；你再不必提心整理你的领结，你尽可以不用领结，给你的颈根与胸膛一半日的自由，你可以拿一条这边艳色的长巾包在你的头上，学一个太平军的头目，或是拜伦那埃及装的姿态；但最要紧的是穿上你最旧的旧鞋，别管他模样不佳，他们是顶可爱的好友，他们承着你的体重却不叫你记起你还有一双脚在你的底下。

这样的玩顶好是不要约伴，我竟想严格的取缔，只许你独身；因为有了伴多少总得叫你分心，尤其是年轻的女伴，那是最危险最专制不过的旅伴，你应得躲避她像你躲避青草里一条美丽的花蛇！平常我们从自己家里走到朋友的家里，或是我们执事的地方，那无非是在同一个大牢里从一间狱室移到另一间狱室去，拘束永远跟著我们，自由永远寻不到我们；但在这春夏间美秀的山中或乡间你要是有机会独身闲逛时，那才是你福星高照的时候，那才是你实际领受，亲口尝味，自由与自在的时候，那才是你肉体与灵魂行动一致的时候。朋友们，我们多长一岁年纪往往只是加重我们头上的枷，加紧我们脚胫上的链，我们见小孩子在草里在沙堆里在浅水里打滚作乐，或是看见小猫追他自己的尾巴，何尝没有羡慕的时候，但我们的枷，我们的链永远是制定我们行动的上司！所以只有你单身奔赴大自然的怀抱时，像一个裸体的小孩扑入他母亲的怀抱时，你才知道灵魂的愉快是怎样的，单是活着的快乐是怎样的，单就呼吸单就走道单就张眼看耸耳听的幸福是怎样的。因此你得严格的为己，极端的自私，只许你，体魄与性灵，与自然同在一个脉搏里跳动，同在一个音波里起伏，同在一个神奇的宇宙里自得。我们浑朴的天真是像含羞草似的娇柔，一经同伴的抵触，他就卷了起来，但在澄静的日光下，和风中，他的姿态是自然的，他的生活是无阻碍的。

你一个人漫游的时候，你就会在青草里坐地仰卧，甚至有时打滚，因为草的和暖的颜色自然的唤起你童稚的活泼；在静僻的道上你就会不自主的狂舞，看着你自己的身影幻出种种诡异的变相，因为道旁树木的阴影在他们迂徐的婆娑里暗示你舞蹈的快乐；你也会得信口的歌唱，偶尔记起断片的音调，与你自己随口的小曲，因为树林中的莺燕告诉你春光是应得赞美的；更不必说你的胸襟自然会跟着曼长的山径开拓，你的心地会看着澄蓝的天空静定，你的思想和著山壑间的水声，山罅里的泉响，有时一澄到底的清澈，有时激起成章的波动，流，流，流入凉爽的橄榄林中，流入妩媚的阿诺河去……

并且你不但不须应伴，每逢这样的游行，你也不必带书。书是理想的伴侣，但你应得带书，是在火车上，在你住处的客室里，不是在你独身漫步的时候。什么伟大的深沉的鼓舞的清明的优美的思想的根源不是可以在风籁中，云彩里，山势与地形的起伏里，花草的颜色与香息里寻得？自然是最伟大的一部书，葛德说，在他每一页的字句里我们读得最深奥的消息。并且这书上的文字是人人懂得的；阿尔帕斯与五老峰，雪西里与普陀山，莱因河与扬子江，梨梦湖与西子湖，建兰与琼花，杭州西溪的芦雪与威尼市夕照的红潮，百灵与夜莺，更不提一般黄的黄麦，一般紫的紫藤，一般青的青草同在大地上生长，同在和风中波动——他们应用的符号是永远一致的，他们的意义是永远明显的，只要你自己性灵上不长疮瘢，眼不盲，耳不塞，这无形迹的最高等教育便永远是你的名分，这不取费的最珍贵的补剂便永远供你的受用；只要你认识了这一部书，你在这世界上寂寞时便不寂寞，穷困时不穷困，苦恼时有安慰，挫折时有鼓励，软弱时有督责，迷失时有南针。

一九二五年六月作

泰山日出

徐志摩

我们在泰山顶上看出太阳。在航过海的人，看太阳从地平线下爬上来，本不是奇事；而且我个人是曾饱饫过红海与印度洋无比的日彩的。但在高山顶上看日出，尤其在泰山顶上，我们无餍的好奇心，当然盼望一种特异的境界，与平原或海上不同的。果然，我们初起时，天还暗沉沉的，西方是一片的铁青，东方些微有些白意，宇宙只是——如用旧词形容——一体莽莽苍苍的。但这是我一面感觉劲烈的晓寒，一面睡眼不曾十分醒豁时约略的印象。等到留心回览时，我不由得大声的狂叫——因为眼前只是一个见所未见的境界。原来昨夜整夜暴风的工程，却砌成一座普遍的云海。除了日观峰与我们所在的玉皇顶以外，东西南北只是平铺着弥漫的云气。在朝旭未露前，宛似无量数厚毳长绒的绵羊，交颈接背的眠着，卷耳与弯角都依稀辨认得出。那时候在这茫茫的云海中，我独自站在雾霭溟濛的小岛上，发生了奇异的幻想——

我躯体无限的长大，脚下的山峦比例我的身量，只是一块拳石；这巨人披着散发，长发在风里像一面黑色的大旗，飒飒的在飘荡。这巨人竖立在大地的顶尖上，仰面向着东方，平拓着一双长臂，在盼望，在迎接，在催促，在默默的叫唤；在崇拜，在祈祷，在流泪——在流久慕未见而将见悲喜交互的热泪……

这泪不是空流的，这默祷不是不生显应的。

巨人的手，指向着东方——

东方有的，在展露的，是什么？

东方有的是瑰丽荣华的色彩，东方有的是伟大普照的光明——出现了，到了，在这里了……

玫瑰汁，葡萄浆，紫荆液，玛瑙精，霜枫叶——大量的染工，在层累的云底工作，无数蜿蜒的鱼龙，爬进了苍白色的云堆。

一方的异彩，揭去了满天的睡意，唤醒了四隅的明霞——光明的神驹，在热奋地驰骋……

云海也活了；眠熟了兽形的涛澜，又回复了伟大的呼啸，昂头摇尾的向着我们朝露染青馒形的小岛冲洗，激起了四岸的水沫浪花，震荡着这生命的浮礁，似在报告光明与欢欣之临在……

再看东方——海句力士已经扫荡了他的阻碍，雀屏似的金霞，从无垠的肩上产生，展开在大地的边沿。起……起……用力，用力。纯焰的圆颅，一探再探的跃出了地平，翻登了云背，临照在天空……

歌唱呀，赞美呀，这是东方之复活，这是光明的胜利……

散发祷祝的巨人，他的身彩横亘在无边的云海上，已经渐渐的消翳在普遍的欢欣里；现在他雄浑的颂美的歌声，也已在霞彩变幻中，普彻了四方八隅……

听呀，这普彻的欢声；看呀，这普照的光明！

半日的游程

郁达夫

去年有一天秋晴的午后，我因为天气实在好不过，所以就搁下了当时正在赶着写的一篇短篇的笔，从湖上坐汽车驰上了江干。在儿时习熟的海月桥、花牌楼等处闲走了一阵，看看青天，看看江岸，觉得一个人有点寂寞起来了，索性就朝西的直上，一口气便走到了二十几年前曾在那里度过半年学生生活的之江大学的山中。二十年的时间的印迹，居然处处都显示了面形：从前的一片荒山，几条泥路，与夫乱石幽溪，草房藩溷，现在都看不见了。尤其要使人感觉到我老何堪的，是在山道两旁的那一排青青的不凋冬树；当时只同豆苗似的几根小小的树秧，现在竟长成了可以遮蔽风雨，可以掩障烈日的长林。不消说，山腰的平处，这里那里，一所所的轻巧而经济的住宅，也添造了许多；像在画里似的附近山川的大致，虽仍依旧，但校址的周围，变化却竟簇生了不少。第一，从前在大礼堂前的那一丝空地，本来是下临绝谷的半边山道，现在却已将面前的深谷填平，变成了一大球场。大礼堂西北的略高之处，本来是有几枝被朔风摧折得弯腰屈背的老树孤立在那里的，现在却建筑起了三层的图书文库了。二十年的岁月！三千六百日的两倍的七千二百日的日子！以这一短短的时节，来比起天地的悠长来，原不过是像白驹的过隙，但是时间的威力，究竟是绝对的暴君，曾日月之几何，我这一个本在这些荒山野径里驰骋过的毛头小子，现在也竟垂垂老了。

一路上走着看着，又微微地叹着，自山的脚下，走上中腰，我竟费去了三十来分钟的时刻。半山里是一排教员的住宅，我的此来，原因为在湖上在江干孤独得怕了，想来找一位既是同乡，又是同学，而自美国回来之后就在这母校里服务的胡君，和他来谈谈过去，赏赏清秋，并且也可以由他这里来探到一点故乡的消息的。

两个人本来是上下年纪的小学校的同学，虽然在这二十几年中见面的机会不多，但或当暑假，或在异乡，偶尔遇着的时候，却也有一段不能自已的柔情，油然会生起在各个的胸中。我的这一回的突然的袭击，原也不过是想使他惊骇一下，用以加增加增亲热的效力的企图；升堂一见，他果然是被我骇倒了。

“哦！真难得！你是几时上杭州来的？”他惊笑着问我。

“来了已经多日了，我因为想静静儿的写一点东西，所以朋友们都还没有去看过。今天实在天气太好了，在家里坐不住，因而一口气就跑到了这里。”

“好极！好极！我也正在打算出去走走，就同你一道上溪口去吃茶去吧，沿钱塘江到溪口去的一路的风景，实在是不错！”

沿溪入谷，在风和日暖，山近天高的田塍道上，二人慢慢地走着，谈着，走到九溪十八涧的口上的时候，太阳已经斜到了去山不过丈来高的地位了。在溪房的石条上坐落，等茶庄里的老翁去起茶煮水的中间，向青翠还像初春似的四山一看，我的心坎里不知怎么，竟充满了一股说不出的飒爽的清气。两人在路上，说话原已经说得很多了，所以一到茶庄，都不想再说下去，只瞪目坐着，在看四周的山和脚下的水，忽而嘘朔朔朔的一声，在半天里，晴空中一只飞鹰，像霹雳似的叫过了，两山的回音，更缭绕地震动了许多时。我们两人头也不仰起来，只竖起耳朵，在静听着这鹰声的响过。回响过后，两人不期而遇的将视线凑集了拢来，更同时破颜发了一脸微笑，也同时不谋而合的叫了出来说：

“真静啊！”

“真静啊！”

等老翁将一壶茶搬来，也在我们边上的石条上坐下，和我们攀谈了几句之后，我才开始问他说：

“久住在这样寂静的山中，山前山后，一个人也没有得看见，你们倒也不觉得怕的么？”

“怕啥东西？我们又没有龙连（钱），强盗绑匪，难道肯到孤老院里来讨饭吃的么？并且春三二月，外国清明，这里的游客，一天也有好几千。冷清的，就只不过这几个月。”

我们一面喝着清茶，一面只在贪味着这阴森得同太古似的山中的寂静，不知不觉，竟把摆在桌上的四碟糕点都吃完了，老翁看了我们的食欲的旺盛，就又推荐着他们自造的西湖藕粉和桂花糖说：

“我们的出品，非但在本省口碑载道，就是外省，也常有信来邮购的，两位先生冲一碗尝尝看如何？”

大约是山中的清气，和十几里路的步行的结果吧，那一碗看起来似鼻涕，吃起来似泥沙的藕粉，竟使我们嚼出了一种意外的鲜味。等那壶龙井芽茶，冲得已无茶味，而我身边带着的一封绞盘牌也只剩了两枝的时节，觉得今天是行得特别快的那轮秋日，早就在西面的峰旁躲去了。谷里虽掩下了一天阴影，而对面东首的山头，还映得金黄浅碧，似乎是山灵在预备去赴夜宴而铺陈着浓装的样子。我昂起了头，正在赏玩着这一幅以青天为背景的夕照的秋山，忽听见耳旁的老翁以富有抑扬的杭州土音计算着账说：

“一茶，四碟，二粉，五千文！”

我真觉得这一串话是有诗意极了，就回头来叫了一声说：

“老先生！你是在对课呢，还是在做诗？”

他倒惊了起来，张圆了两眼呆视着问我：

“先生你说啥话语？”

“我说，你不是在对课么？三竺六桥，九溪十八涧，你不是对上了‘一茶四碟，二粉五千文’了么？”

说到了这里，他才摇动着胡子，哈哈的大笑了起来，我们也一道笑了。付账起身，向右走上了去理安寺的那条石砌小路，我们俩在山嘴将转弯的时候，三人的呵呵呵呵的大笑的余音，似乎还在那寂静的山腰，寂静的溪口，作不绝如缕的回响。

辑四

等一切风平浪静

我的梦，我的青春！

——自传之二

郁达夫

不晓得是在哪一本俄国作家的作品里，曾经看到过一段写一个小村落的文字，他说："譬如有许多纸折起来的房子，摆在一段高的地方，被大风一吹，这些房子就歪歪斜斜地飞落到了谷里，紧挤在一道了。"前面有一条富春江绕着，东西北的三面尽是些小山包住的富阳县城，也的确可以借了这一段文字来形容。

虽则是一个行政中心的县城，可是人家不满三千，商店不过百数；一般居民，全不晓得做什么手工业，或其他新式的生产事业，所靠以度日的，有几家自然是祖遗的一点田产，有几家则专以小房子出租，在吃两元三元一月的租金；而大多数的百姓，却还是既无恒产，又无恒业，没有目的，没有计划，只同蟑螂似的在那里出生，死亡，繁殖下去。

这些蟑螂的密集之区，总不外乎两处地方；一处是三个铜子一碗的茶店，一处是六个铜子一碗的小酒馆。他们在那里从早晨坐起，一直可以坐到晚上上排门的时候；讨论柴米油盐的价格，传播东邻西舍的新闻，为了一点不相干的细事，譬如说吧，甲以为李德泰的煤油只卖三个铜子一提，乙以为是五个铜子两提的话，双方就会得争论起来；此外的人，也马上分成甲党或乙党提出证据，互相论辩；弄到后来，也许相打起来，打得头破血流，还不能够解决。

因此，在这么小的一个县城里，茶店酒馆，竟也有五六十家之多；于是大部分的蟑螂，就家里可以不备面盆手巾，桌椅板凳，饭锅碗筷等日常用具，而悠悠地生活过去了。离我们家里不远的大江边上，就有这样的两处蟑螂之窟。

在我们的左面，住有一家砍砍柴，卖卖菜，人家死人或娶亲，去帮帮忙跑跑腿的人家。他们的一族，男女老小的人数很多很多，而住的那一间屋，却只比牛栏马槽大了一点。他们家里的顶小的一位苗裔年纪比我大一岁，名字叫阿千，冬天穿的是同伞似的一堆破絮，夏天，大半身是光光地裸着的；因而皮肤黝黑，臂膀粗大，脸上也像是生落地之后，只洗了一次的样子。他虽只比我大了一岁，但是跟了他们屋里的大人，茶店酒馆日日去上，婚丧的人家，也老在进出；打起架吵起嘴来，尤其勇猛。我每天见他从我们的门口走过，心里老在羡慕，以为他又上茶店酒馆去了，我要到什么时候，才可以同他一样的和大人去夹在一道呢！而他的出去和回来，不管是在清早或深夜，我总没有一次不注意到的，因为他的喉音很大，有时候一边走着，一边在绝叫着和大人谈天，若只他一个人的时候哩，总在噜苏地唱戏。

当一天的工作完了，他跟了他们家里的大人，一道上酒店去的时候，看见我欣羡地立在门口，他原也曾邀约过我；但一则怕母亲要骂，二则胆子终于太小，经不起那些大人的盘问笑说，我总是微笑着摇摇头，就跑进屋里去躲开了，为的是上茶酒店去的诱惑性，实在强不过。

有一天春天的早晨，母亲上父亲的坟头去扫墓去了，祖母也一侵早上了一座远在三四里路外的庙里去念佛。翠花在灶下收拾早餐的碗筷，我只一个人立在门口，看有淡云浮着的青天。忽而阿千唱着戏，背着钩刀和小扁担绳索之类，从他的家里出来，看了我的那种没精打采的神气，他就立了下来和我谈天，并且说：

“鹳山后面的盘龙山上，映山红开得多着哩；并且还有乌米饭（是一种小黑果子），彤管子（也是一种刺果），刺莓等等，你跟了我来吧，我可以采一大堆给你。你们奶奶，不也在北面山脚下的真觉寺里念佛么？等我砍好了柴，我就可以送你上寺里去吃饭去。”

阿千本来是我所崇拜的英雄，而这一回又只有他一个人去砍柴，天气那么的好，今天侵早祖母出去念佛的时候，我本是嚷着要同去的，但她因为怕我走不动，就把我留下了。现在一听到了这一个提议，自然是心里急跳了起来，两只脚便也很轻松地跟他出发了，并且还只怕翠花要出来阻挠，跑路跑得比平时只有得快些。出了弄堂，向东沿着江，一口气跑出了县城之后，天地宽广起来了，我的对于这一次冒险的惊惧之心就马上被大自然的威力所压倒。这样问问，那样谈谈，阿千真像是一部小小的自然界的百科大辞典；而到盘龙山脚去的一段野路，便成了我最初学自然科学的模范小课本。

麦已经长得有好几尺高了，麦田里的桑树，也都发出了绒样的叶芽。晴天里舒叔叔的一声飞鸣过去的，是老鹰在觅食；树枝头吱吱喳喳，似在打架又像是在谈天的，大半是麻雀之类；远处的竹林丛里，既有抑扬，又带余韵，在那里歌唱的，才是深山的画眉。

上山的路旁，一拳一拳像小孩子的拳头似的小草，长得很多；拳的左右上下，满长着了些绛黄的绒毛，仿佛是野生的虫类，我起初看了，只在害怕，走路的时候，若遇到一丛，总要绕一个弯，让开它们，但阿千却笑起来了，他说：

“这是薇蕨，摘了去，把下面的粗干切了，炒起来吃，味道是很好的哩！”

渐走渐高了，山上的青红杂色，迷乱了我的眼目。日光直射在山坡上，从草木泥土里蒸发出来的一种气息，使我呼吸感到了困难；阿千也走得热起来了，把他的一件破夹袄一脱，丢向了地下，教我在一块大石上坐下息着，他一个人穿了一件小衫唱着戏去砍柴采野果去了；我回身立在石上，向大江一看，又深深地深深地得到了一种新的惊异。

这世界真大呀！那宽广的水面！那澄碧的天空！那些上下的船只，究竟是从哪里来，上哪里去的呢？

我一个人立在半山的大石上，近看看有一层阳炎在颤动着的绿野桑田，远看看天和水以及淡淡的青山，渐听得阿千的唱戏声音幽下去远下去了，心里就莫名其妙的起了一种渴望与愁思。我要到什么时候才能大起来呢？我要到什么时候才可以到这像在天边似的远处去呢？到了天边，那么我的家呢？我的家里的人呢？同时感到了对远处的遥念与对乡井的离愁，眼角里便自然而然地涌出了热泪。到后来，脑子也昏乱了，眼睛也模糊了，我只呆呆的立在那块大石上的太阳里做幻梦。我梦见有一只揩擦得很洁净的船，船上面张着了一面很大很饱满的白帆，我和祖母母亲翠花阿千等都在船上，吃着东西，唱着戏，顺流下去，到了一处不相识的地方。我又梦见城里的茶店酒馆，都搬上山来了，我和阿千便在这山上的酒馆里大喝大嚷，旁边的许多大人，都在那里惊奇仰视。

这一种接连不断的白日之梦，不知做了多少时候，阿千却背了一捆小小的草柴，和一包刺莓映山红乌米饭之类的野果，回到我立在那里的大石边来了；他脱下了小衫，光着了脊肋，那些野果就系包在他的小衫里面的。

他提议说，时候不早了，他还要砍一捆柴，且让我们吃着野果，先从山腰走向后山去罢，因为前山的草柴，已经被人砍完，第二捆不容易采刮拢来了。

慢慢地走到了山后，山下的那个真觉寺的钟鼓声音，早就从春空里传送到了我们的耳边，并且一条青烟，也刚从寺后的厨房里透出了屋顶。向寺里看了一眼，阿千就放下了那捆柴，对我说：

“他们在烧中饭了，大约离吃饭的时候也不很远，我还是先送你到寺里去吧！”

我们到了寺里，祖母和许多同伴者的念佛婆婆，都张大了眼睛，惊异了起来。阿千走后，她们就开始问我这一次冒险的经过，我也感到了一种得意，将如何出城，如何和阿千上山采集野果的情形，说得格外的详细。后来坐上桌去吃饭的时候，有一位老婆婆问我：“你大了，打算去做些什么？”我就毫不迟疑地回答她说：“我愿意去砍柴！”

故乡的茶店酒馆，到现在还在风行热闹，而这一位茶店酒馆里的小英雄，初次带我上山去冒险的阿千，却在一年涨大水的时候，喝醉了酒，淹死了。他们的家族，也一个个地死的死，散的散，现在没有生存者了；他们的那一座牛栏似的房屋，已经换过了两三个主人。时间是不饶人的，盛衰起灭也绝对地无常的：阿千之死，同时也带去了我的梦，我的青春！

“五四”给了我什么

老　舍

因家贫，我在初级师范学校毕业后就去挣钱养家，不能升学。在“五四”运动的时候，我正作一个小学校的校长。

以我这么一个中学毕业生（那时候，中学是四年毕业，初级师范是五年毕业），既没有什么学识，又须挣钱养家，怎么能够一来二去地变成作家呢？这就不能不感谢“五四”运动了！

假若没有“五四”运动，我很可能终身作这样的一个人：兢兢业业地办小学，恭恭顺顺地侍奉老母，规规矩矩地结婚生子，如是而已。我绝对不会忽然想起去搞文艺。

这并不是说，作家比小学校校长的地位更高，任务更重；一定不是！我是说，没有“五四”，我不可能变成个作家。“五四”给我创造了当作家的条件。

首先是：我的思想变了。“五四”运动是反封建的。这样，以前我以为对的，变成了不对。我幼年入私塾，第一天就先给孔圣人的木牌行三跪九叩的大礼；后来，每天上学下学都要向那牌位作揖。到了“五四”，孔圣人的地位大为动摇。既可以否定孔圣人，那么还有什么不可否定的呢？他是大成至圣先师啊！这一下子就打乱了二千年来的老规矩。这可真不简单！我还是我，可是我的心灵变了，变得敢于怀疑孔圣人了！这还了得！假若没有这一招，不管我怎么爱好文艺，我也不会想到跟才子佳人、鸳鸯蝴蝶有所不同的题材，也不敢对老人老事有任何批判。“五四”运动送给了我一双新眼睛。

其次是：“五四”运动是反抗帝国主义的。自从我在小学读书的时候，我就知道了国耻。可是，直到“五四”，我才知道一些国耻是怎么来的，而且知道了应该反抗谁和反抗什么。以前，我常常听说“中国不亡，是无天理”这类的泄气话，而且觉得不足为怪。看到了“五四”运动，我才懂得了“天下兴亡，匹夫有责”。这运动使我看见了爱国主义的具体表现，明白了一些救亡图存的初步办法。反封建使我体会到人的尊严，人不该作礼教的奴隶；反帝国主义使我感到中国人的尊严，中国人不该再作洋奴。这两种认识就是我后来写作的基本思想与情感。虽然我写的并不深刻，可是若没有“五四”运动给了我这点基本东西，我便什么也写不出了。这点基本东西迫使我非写不可，也就是非把封建社会和帝国主义所给我的苦汁子吐出来不可！这就是我的灵感，一个献身文艺写作的灵感。

最后，“五四”运动也是个文艺运动。白话已成为文学的工具。这就打断了文人腕上的锁铐——文言。不过，只运用白话并不能解决问题。没有新思想，新感情，用白话也可以写出非常陈腐的东西。新的心灵得到新的表现工具，才能产生内容与形式一致新颖的作品。“五四”给了我一个新的心灵，也给了我一个新的文学语言。

感谢“五四”，它叫我变成了作家，虽然不是怎么了不起的作家。

初　恋

周作人

那时我十四岁，她大约是十三岁罢。我跟着祖父的妾宋姨太太寄寓在杭州的花牌楼，间壁住着一家姚姓，她便是那家的女儿。她本姓杨，住在清波门头，大约因为行三，人家都称她作三姑娘。姚家老夫妇没有子女，便认她做干女儿，一个月里有二十多天住在他们家里，宋姨太太和远邻的羊肉店石家的媳妇虽然很说得来，与姚宅的老妇却感情很坏，彼此都不交口，但是三姑娘并不管这些事，仍旧推进门来游嬉。她大抵先到楼上去，同宋姨太太搭赸一回，随后走下楼来，站在我同仆人阮升公用的一张板棹旁边，抱着名叫“三花”的一只大猫，看我映写陆润庠的木刻的字帖。

我不曾和她谈过一句话，也不曾仔细的看过她的面貌与姿态。大约我在那时已经很是近视，但是还有一层缘故，虽然非意识的对于她很是感到亲近，一面却似乎为她的光辉所掩，开不起眼来去端详她了。在此刻回想起来，仿佛是一个尖面庞，乌眼睛，瘦小身材，而且有尖小的脚的少女，并没有什么殊胜的地方，但在我的性的生活里总是第一个人，使我于自己以外感到对于别人的爱着，引起我没有明了的性的概念的，对于异性的恋慕的第一个人了。

我在那时候当然是“丑小鸭”，自己也是知道的，但是终不以此而减灭我的热情。每逢她抱着猫来看我写字，我便不自觉的振作起来，用了平常所无的努力去映写，感着一种无所希求的迷朦的喜乐。并不问她是否爱我，或者也还不知道自己是爱着她，总之对于她的存在感到亲近喜悦，并且愿为她有所尽力，这是当时实在的心情，也是她所给我的赐物了。在她是怎样不能知道，自己的情绪大约只是淡淡的一种恋慕，始终没有想到男女关系的问题。有一天晚上，宋姨太太忽然又发表对于姚姓的憎恨，末了说道，

“阿兰那小东西，也不是好货，将来总要流落到拱辰

桥去做婊子的。”

我不很明白做婊子这些是什么事情，但当时听了心里想道：

“她如果真是流落做了婊子，我必定去救她出来。”

大半年的光阴这样的消费过了。到了七八月里因为母亲生病，我便离开杭州回家去了。一个月以后，阮升告假回去，顺便到我家里，说起花牌楼的事情，说道：

“杨家的三姑娘患霍乱死了。”

我那时也很觉得不快，想像她的悲惨的死相，但同时却又似乎很是安静，仿佛心里有一块大石头已经放下了。

十一年九月

中　年

周作人

虽然四川开县有二百五十岁的胡老人，普通还只是说人生百年 ，其实这也还是最大的整数。若是人民平均有四五十岁的寿，那已经可以登入祥瑞志，说什么寿星见了。我们乡间称三十六岁为本寿，这时候死了，虽不能说寿考，也就不是夭折。这种说法我觉得颇有意思。日本兼好法师曾说，“即使长命，在四十以内死了最为得体”，虽然未免性急一点，却也有几分道理。

孔子曰：“四十而不惑。”吾友某君则云，人到了四十岁便可以枪毙。两样相反的话，实在原是盾的两面。合而言之，若曰，四十可以不惑，但也可以不不惑，那么，那时就是枪毙了也不足惜云尔。平常中年以后的人大抵胡涂荒谬的多，正如兼好法师所说，过了这个年纪，便将忘记自己的老丑。想在人群中胡混，执著人生，私欲益深，人情物理都不复了解，“至可叹息”是也。不过因为怕献老丑，便想得体地死掉，那也似乎可以不必。为什么呢？假如能够知道这些事情，就很有不惑的希望，让他多活几年也不碍事。所以在原则上我虽赞成兼好法师的话，但觉得实际上还可稍加斟酌，这倒未必全是为自己道地，想大家都可见谅的罢。

我决不敢相信自己是不惑，虽然岁月是过了不惑之年好久了，但是我总想努力不至于不不惑，不要人情物理都不了解。本来人生是一贯的，其中却分几个段落，如童年，少年，中年，老年，各有意义，都不容空过。譬如少年时代是浪漫的，中年是理智的时代，到了老年差不多可以说是待死堂的生活罢。然而中国凡事是颠倒错乱的，往往少年老成，摆出道学家超人志士的模样；中年以来重新来秋冬行春令，大讲其恋爱等等，这样地跟着青年跑，或者可以免于落伍之讥，实在犹如将昼作夜，“拽直照原”，只落得不见日光而见月亮，未始没有好些危险。我想最好还是顺其自然，六十过后虽不必急做寿衣，唯一只脚确已踏在坟里，亦无庸再去请斯坦那赫博士结扎生殖腺了。至于恋爱则在中年以前应该毕业，以后便可应用经验与理性去观察人情与物理，即使在市街战斗或示威运动的队伍里少了一个人，实在也有益无损，因为后起的青年自然会去补充（这是说假如少年不是都老成化了，不在那里做各种八股），而别一队伍里也就多了一个人，有如退伍兵去研究动物学，反正于参谋本部的作战计划并无什么妨害的。

话虽如此，在这个当儿要使它不发生乱调，实在是不大容易的事。世间称四十左右曰危险时期，对于名利，特别是色，时常露出好些丑态，这是人类的弱点，原也有可以容忍的地方。但是可容忍与可佩服是绝不相同的事情，尤其是无惭愧地、得意似的那样做，还仿佛是我们的模范似地那样做，那么容忍也还是我们从数十年的世故中来最大的应许，若鼓吹护持似乎可以无须了罢。我们少年时浪漫地崇拜好许多英雄，到了中年再一回顾，那些旧日的英雄，无论是道学家或超人志士，此时也都是老年中年了，差不多尽数地不是显出泥脸便即露出羊脚，给我们一个不客气的幻灭。这有什么办法呢？自然太太的计划谁也难违拗它。风水与流年也好，遗传与环境也好，总之是说明这个的可怕。这样说来，得体地活着这件事或者比得体地死要难得多，假如我们过了四十却还能平凡地生活，虽不见得怎么得体，也不至于怎样出丑，这实在要算是傲天之幸，不能不知所感谢了。

人是动物，这一句老实话，自人类发生以至地球毁灭，永久是实实在在的，但在我们人类则须经过相当年龄才能明白承认。所谓动物，可以含有科学家一视同仁的“生物”与儒教徒骂人的“禽兽”这两种意思，所以对于这一句话人们也可以有两样态度。其一，以为既同禽兽，便异圣贤，因感不满，以至悲观。其二，呼铲曰铲，本无不当，听之可也。我可以说就是这样地想，但是附加一点，有时要去综核名实言行，加以批评。本来棘皮动物不会肤如凝脂，怒毛上指栋的猫不打着呼噜，原是一定的理，毋庸怎么考核，无如人这动物是会说话的，可以自称什么家或主唱某主义等，这都是别的众生所没有的。我们如有闲一点儿，免不得要注意及此。譬如普通男女私情我们可以不管，但如见一个社会栋梁高谈女权或社会改革，却照例纳妾等等，那有如无产首领浸在高贵的温泉里命令大众冲锋，未免可笑，觉得这动物有点变质了。我想文明社会上道德的管束应该很宽，但应该要求诚实，言行不一致是一种大欺诈，大家应该留心不要上当。我想，我们与其伪善还不如真恶，真恶还是要负责任，冒危险。

我这些意思恐怕都很有老朽的气味，这也是没有法的事情。年纪一年年的增多，有如走路一站站地过去，所见既多，对于从前的意见自然多少要加以修改。这是得呢失呢，我不能说。不过，走着路专为贪看人物风景，不复去访求奇遇，所以或者比较地看得平静仔细一点也未可知。然而这又怎么能够自信呢？

十九年三月

藤野先生

鲁　迅

东京也无非是这样。上野的樱花烂熳的时节，望去确也像绯红的轻云，但花下也缺不了成群结队的“清国留学生”的速成班，头顶上盘着大辫子，顶得学生制帽的顶上高高耸起，形成一座富士山。也有解散辫子，盘得平的，除下帽来，油光可鉴，宛如小姑娘的发髻一般，还要将脖子扭几扭。实在标致极了。

中国留学生会馆的门房里有几本书买，有时还值得去一转；倘在上午，里面的几间洋房里倒也还可以坐坐的。但到傍晚，有一间的地板便常不免要咚咚咚地响得震天，兼以满房烟尘斗乱；问问精通时事的人，答道，“那是在学跳舞。”

到别的地方去看看，如何呢？

我就往仙台的医学专门学校去。从东京出发，不久便到一处驿站，写道：日暮里。不知怎地，我到现在还记得这名目。其次却只记得水户了，这是明的遗民朱舜水先生客死的地方。仙台是一个市镇，并不大；冬天冷得利害；还没有中国的学生。

大概是物以希为贵罢。北京的白菜运往浙江，便用红头绳系住菜根，倒挂在水果店头，尊为“胶菜”；福建野生着的芦荟，一到北京就请进温室，且美其名曰“龙舌兰”。我到仙台也颇受了这样的优待，不但学校不收学费，几个职员还为我的食宿操心。我先是住在监狱旁边一个客店里的，初冬已经颇冷，蚊子却还多，后来用被盖了全身，用衣服包了头脸，只留两个鼻孔出气。在这呼吸不息的地方，蚊子竟无从插嘴，居然睡安稳了。饭食也不坏。但一位先生却以为这客店也包办囚人的饭食，我住在那里不相宜，几次三番，几次三番地说。我虽然觉得客店兼办囚人的饭食和我不相干，然而好意难却，也只得别寻相宜的住处了。于是搬到别一家，离监狱也很远，可惜每天总要喝难以下咽的芋梗汤。

从此就看见许多陌生的先生，听到许多新鲜的讲义。

解剖学是两个教授分任的。最初是骨学。其时进来的是一个黑瘦的先生，八字须，戴着眼镜，挟着一叠大大小小的书。一将书放在讲台上，便用了缓慢而很有顿挫的声调，向学生介绍自己道：

“我就是叫作藤野严九郎的……。”

后面有几个人笑起来了。他接着便讲述解剖学在日本发达的历史，那些大大小小的书，便是从最初到现今关于这一门学问的著作。起初有几本是线装的；还有翻刻中国译本的，他们的翻译和研究新的医学，并不比中国早。

那坐在后面发笑的是上学年不及格的留级学生，在校已经一年，掌故颇为熟悉的了。他们便给新生讲演每个教授的历史。这藤野先生，据说是穿衣服太模胡了，有时竟会忘记带领结；冬天是一件旧外套，寒颤颤的，有一回上火车去，致使管车的疑心他是扒手，叫车里的客人大家小心些。

他们的话大概是真的，我就亲见他有一次上讲堂没有带领结。

过了一星期，大约是星期六，他使助手来叫我了。到得研究室，见他坐在人骨和许多单独的头骨中间，——他其时正在研究着头骨，后来有一篇论文在本校的杂志上发表出来。

“我的讲义，你能抄下来么？”他问。

“可以抄一点。”

“拿来我看！”

我交出所抄的讲义去，他收下了，第二三天便还我，并且说，此后每一星期要送给他看一回。我拿下来打开看时，很吃了一惊，同时也感到一种不安和感激。原来我的讲义已经从头到末，都用红笔添改过了，不但增加了许多脱漏的地方，连文法的错误，也都一一订正。这样一直继续到教完了他所担任的功课：骨学，血管学，神经学。

可惜我那时太不用功，有时也很任性。还记得有一回藤野先生将我叫到他的研究室里去，翻出我那讲义上的一个图来，是下臂的血管，指着，向我和蔼的说道：

“你看，你将这条血管移了一点位置了。——自然，这样一移，的确比较的好看些，然而解剖图不是美术，实物是那么样的，我们没法改换它。现在我给你改好了，以后你要全照着黑板上那样的画。”

但是我还不服气，口头答应着，心里却想道：

“图还是我画的不错；至于实在的情形，我心里自然记得的。”

学年试验完毕之后，我便到东京玩了一夏天，秋初再回学校，成绩早已发表了，同学一百余人之中，我在中间，不过是没有落第。这回藤野先生所担任的功课，是解剖实习和局部解剖学。

解剖实习了大概一星期，他又叫我去了，很高兴地，仍用了极有抑扬的声调对我说道：

“我因为听说中国人是很敬重鬼的，所以很担心，怕你不肯解剖尸体。现在总算放心了，没有这回事。”

但他也偶有使我很为难的时候。他听说中国的女人是裹脚的，但不知道详细，所以要问我怎么裹法，足骨变成怎样的畸形，还叹息道，“总要看一看才知道。究竟是怎么一回事呢？”

有一天，本级的学生会干事到我寓里来了，要借我的讲义看。我检出来交给他们，却只翻检了一通，并没有带走。但他们一走，邮差就送到一封很厚的信，拆开看时，第一句是：

“你改悔罢！”

这是《新约》上的句子罢，但经托尔斯泰新近引用过的。其时正值日俄战争，托老先生便写了一封给俄国和日本的皇帝的信，开首便是这一句。日本报纸上很斥责他的不逊，爱国青年也愤然，然而暗地里却早受了他的影响了。其次的话，大略是说上年解剖学试验的题目，是藤野先生在讲义上做了记号，我预先知道的，所以能有这样的成绩。末尾是匿名。

我这才回忆到前几天的一件事。因为要开同级会，干事便在黑板上写广告，末一句是“请全数到会勿漏为要”，而且在“漏”字旁边加了一个圈。我当时虽然觉到圈得可笑，但是毫不介意，这回才悟出那字也在讥刺我了，犹言我得了教员漏泄出来的题目。

我便将这事告知了藤野先生；有几个和我熟识的同学也很不平，一同去诘责干事托辞检查的无礼，并且要求他们将检查的结果，发表出来。终于这流言消灭了，干事却又竭力运动，要收回那一封匿名信去。结末是我便将这托尔斯泰式的信退还了他们。

中国是弱国，所以中国人当然是低能儿，分数在六十分以上，便不是自己的能力了：也无怪他们疑惑。但我接着便有参观枪毙中国人的命运了。第二年添教霉菌学，细菌的形状是全用电影来显示的，一段落已完而还没有到下课的时候，便影几片时事的片子，自然都是日本战胜俄国的情形。但偏有中国人夹在里边：给俄国人做侦探，被日本军捕获，要枪毙了，围着看的也是一群中国人；在讲堂里的还有一个我。

“万岁！”他们都拍掌欢呼起来。

这种欢呼，是每看一片都有的，但在我，这一声却特别听得刺耳。此后回到中国来，我看见那些闲看枪毙犯人的人们，他们也何尝不酒醉似的喝采，——呜呼，无法可想！但在那时那地，我的意见却变化了。

到第二学年的终结，我便去寻藤野先生，告诉他我将不学医学，并且离开这仙台。他的脸色仿佛有些悲哀，似乎想说话，但竟没有说。

“我想去学生物学，先生教给我的学问，也还有用的。”其实我并没有决意要学生物学，因为看得他有些凄然，便说了一个慰安他的谎话。

“为医学而教的解剖学之类，怕于生物学也没有什么大帮助。”他叹息说。

将走的前几天，他叫我到他家里去，交给我一张照相，后面写着两个字道：“惜别”，还说希望将我的也送他。但我这时适值没有照相了；他便叮嘱我将来照了寄给他，并且时时通信告诉他此后的状况。

我离开仙台之后，就多年没有照过相，又因为状况也无聊，说起来无非使他失望，便连信也怕敢写了。经过的年月一多，话更无从说起，所以虽然有时想写信，却又难以下笔，这样的一直到现在，竟没有寄过一封信和一张照片。从他那一面看起来，是一去之后，杳无消息了。

但不知怎地，我总还时时记起他，在我所认为我师的之中，他是最使我感激，给我鼓励的一个。有时我常常想：他的对于我的热心的希望，不倦的教诲，小而言之，是为中国，就是希望中国有新的医学；大而言之，是为学术，就是希望新的医学传到中国去。他的性格，在我的眼里和心里是伟大的，虽然他的姓名并不为许多人所知道。

他所改正的讲义，我曾经订成三厚本，收藏着的，将作为永久的纪念。不幸七年前迁居的时候，中途毁坏了一口书箱，失去半箱书，恰巧这讲义也遗失在内了。责成运送局去找寻，寂无回信。只有他的照相至今还挂在我北京寓居的东墙上，书桌对面。每当夜间疲倦，正想偷懒时，仰面在灯光中瞥见他黑瘦的面貌，似乎正要说出抑扬顿挫的话来，便使我忽又良心发现，而且增加勇气了，于是点上一枝烟，再继续写些为“正人君子”之流所深恶痛疾的文字。

十月十二日。

第二度的青春

梁遇春

人们到了相当年纪，大概不会再有春愁。就说偶然还涉遐思，也不好意思出口了。

乡愁，那是许多人所逃不了的。有些人天生一副怀乡病者的心境，天天惦念着他精神上的故乡。就是住在家乡里，仍然忽忽如有所失，像个海外飘零的客子。就说把他们送到乐园去，他们还是不胜惆怅，总是希冀企望着，想回到一个他所不知道的地方。这些人想象出许多虚幻的境界，那是宗教家的伊甸园，哲学家的伊比鸠鲁斯花园，诗人的Elysium，El Dorado，Arcadia，理想主义者的乌托邦，来慰藉他们彷徨的心灵；可是若使把他们放在他们所追求的天国里，他们也许又皱起眉头，拿着笔描写出另个理想世界了。思想无非是情感的具体表现，他们这些世外桃源只是他们不安心境的寄托。全是因为它们是不能实现的，所以才能够传达出他们这种没个为欢处的情怀；一旦不幸，理想变为事实，它们立刻就不配做他们这些情绪的象征了。说起来，真是可悲，然而也怪有趣。总之，这一班人大好年华都销磨于绻怀一个莫须有之乡，也从这里面得到他人所尝不到的无限乐趣。登楼远望云山外的云山，淌下的眼泪流到笑涡里去，这是他们的生活。吾友莫须有先生就是这么一个人，久不见他了，却常忆起他那泪痕里的微笑。

可是，人们到了相当年纪（又是这么一句话），对于自己的事情感到厌倦，觉得太空虚了，不值一想，这时连这一缕乡愁也将化为云烟了。其实人们一走出情场，失掉绮梦，对于自己种种的幻觉都销灭了，当下看出自己是个多么渺小无聊的汉子，正好像脱下戏衫的优伶，从缥缈世界坠到铁硬的事实世界，砰的一声把自己惊醒了。这时睁开眼睛，看到天上恒河沙数的群星，一佛一世界，回想自己风尘下过千万人已尝过，将来还有无数万人来尝的庸俗生活，对于自己怎能不灰心呢？当此“屏除丝竹入中年”时候，怎么好呢？

可是，人们到了相当年纪，免不了儿女累人，三更儿哭，可以搅你的清梦，一声爸爸，可以动你的心弦。烦恼自然多起来了，但是天下的乐趣都是烦恼带来的，烦恼使人不得不希望，希望却是一服包医百病的良方。做了只怕不愁，一生在艰苦的环境下面挣扎着，结果常是“穷”而不“愁”，所谓潦倒也就是麻木的意思。做人做到艳阳天气勾不起你的幽怨，故乡土物打不动你莼鲈之思，真是几乎无路可走了。还好有个父愁。虽然知道自己的一生是个失败，仿佛也看出天下无所谓成功的事情，已猜透成功等于失败这个哑谜了，居然清瘦地站在宇宙之外，默然与世无涉了；可是对于自己孩子们总有个莫名其妙的希望，大有我们自己既然如是塌台，难道他们也会这样吗的意思。只有没有道理的希望是真实的，永远有生气的，做父亲的人们明知小孩变成顽皮大人是种可伤的事情，却非常希望他们赶快长大。已看穿人性的腐朽同宇宙的乏味了，可是还希望他们来日有个花一般的生涯。为着他们，希望许多绝不可能的事情变为可能，为着他们，肯把自己重新掷到过去的幻觉里去，于是乎从他们的生活里去度自己第二次的青春，又是一场哀乐。为着儿女的恋爱而担心，去揣摩内中的甘苦，宛如又踱进情场。有时把儿女的痴梦拿来细味，自己不知不觉也走到梦里去了，孩提的想头和希望都占着做父亲者的心窝，虽然这些事他们从前曾经热烈地执着过，后来又颓然扔开了。人们下半生的心境又恢复到前半生那样了，有时从父愁里也产生出春愁和乡愁。

记得去年快有儿子时候，我的父亲从南方写信来说道："你现在也快做父亲了，有了孩子，一切要耐忍些。"我年来常常记起这几句话，感到这几句叮咛包括了整个人生。

辑五

岁月欢喜一步步

“这也是生活”……

鲁　迅

这也是病中的事情。

有一些事，健康者或病人是不觉得的，也许遇不到，也许太微细。到得大病初愈，就会经验到；在我，则疲劳之可怕和休息之舒适，就是两个好例子。我先前往往自负，从来不知道所谓疲劳。书桌面前有一把圆椅，坐着写字或用心的看书，是工作；旁边有一把藤躺椅，靠着谈天或随意的看报，便是休息；觉得两者并无很大的不同，而且往往以此自负。现在才知道是不对的，所以并无大不同者，乃是因为并未疲劳，也就是并未出力工作的缘故。

我有一个亲戚的孩子，高中毕了业，却只好到袜厂里去做学徒，心情已经很不快活的了，而工作又很繁重，几乎一年到头，并无休息。他是好高的，不肯偷懒，支持了一年多。有一天，忽然坐倒了，对他的哥哥道："我一点力气也没有了。"

他从此就站不起来，送回家里，躺着，不想饮食，不想动弹，不想言语，请了耶稣教堂的医生来看，说是全体什么病也没有，然而全体都疲乏了。也没有什么法子治。自然，连接而来的是静静的死。我也曾经有过两天这样的情形，但原因不同，他是做乏，我是病乏的。我的确什么欲望也没有，似乎一切都和我不相干，所有举动都是多事，我没有想到死，但也没有觉得生；这就是所谓"无欲望状态"，是死亡的第一步。曾有爱我者因此暗中下泪；然而我有转机了，我要喝一点汤水，我有时也看看四近的东西，如墙壁，苍蝇之类，此后才能觉得疲劳，才需要休息。

象心纵意的躺倒，四肢一伸，大声打一个呵欠，又将全体放在适宜的位置上，然后弛懈了一切用力之点，这真是一种大享乐。在我是从来未曾享受过的。我想，强壮的，或者有福的人，恐怕也未曾享受过。

记得前年，也在病后，做了一篇《病后杂谈》，共五节，投给《文学》，但后四节无法发表，印出来只剩了头一节了。虽然文章前面明明有一个“一”字，此后突然而止，并无“二”“三”，仔细一想是就会觉得古怪的，但这不能要求于每一位读者，甚而至于不能希望于批评家。于是有人据这一节，下我断语道：“鲁迅是赞成生病的。”现在也许暂免这种灾难了，但我还不如先在这里声明一下：“我的话到这里还没有完。”

有了转机之后四五天的夜里，我醒来了，喊醒了广平。

“给我喝一点水。并且去开开电灯，给我看来看去的看一下。”

“为什么？……”她的声音有些惊慌，大约是以为我在讲昏话。

“因为我要过活。你懂得么？这也是生活呀。我要看来看去的看一下。”

“哦……”她走起来，给我喝了几口茶，徘徊了一下，又轻轻的躺下了，不去开电灯。

我知道她没有懂得我的话。

街灯的光穿窗而入，屋子里显出微明，我大略一看，熟识的墙壁，壁端的棱线，熟识的书堆，堆边的未订的画集，外面的进行着的夜，无穷的远方，无数的人们，都和我有关。我存在着，我在生活，我将生活下去，我开始觉得自己更切实了，我有动作的欲望——但不久我又坠入了睡眠。

第二天早晨在日光中一看，果然，熟识的墙壁，熟识的书堆……这些，在平时，我也时常看它们的，其实是算作一种休息。但我们一向轻视这等事，纵使也是生活中的一片，却排在喝茶搔痒之下，或者简直不算一回事。我们所注意的是特别的精华，毫不在枝叶。给名人作传的人，也大抵一味铺张其特点，李白怎样做诗，怎样耍颠，拿破仑怎样打仗，怎样不睡觉，却不说他们怎样不耍颠，要睡觉。其实，一生中专门耍颠或不睡觉，是一定活不下去的，人之有时能耍颠和不睡觉，就因为倒是有时不耍颠和也睡觉的缘故。然而人们以为这些平凡的都是生活的渣滓，一看也不看。

于是所见的人或事，就如盲人摸象，摸着了脚，即以为象的样子像柱子。中国古人，常欲得其“全”，就是制妇女用的“乌鸡白凤丸”，也将全鸡连毛血都收在丸药里，方法固然可笑，主意却是不错的。

删夷枝叶的人，决定得不到花果。

为了不给我开电灯，我对于广平很不满，见人即加以攻击；到得自己能走动了，就去一翻她所看的刊物，果然，在我卧病期中，全是精华的刊物已经出得不少了，有些东西，后面虽然仍旧是“美容妙法”，“古木发光”，或者“尼姑之秘密”，但第一面却总有一点激昂慷慨的文章。作文已经有了“最中心之主题”：连义和拳时代和德国统帅瓦德西睡了一些时候的赛金花，也早已封为九天护国娘娘了。

尤可惊服的是先前用《御香缥缈录》，把清朝的宫廷讲得津津有味的《申报》上的《春秋》，也已经时而大有不同，有一天竟在卷端的《点滴》里，教人当吃西瓜时，也该想到我们土地的被割碎，像这西瓜一样。自然，这是无时无地无事而不爱国，无可訾议的。但倘使我一面这样想，一面吃西瓜，我恐怕一定咽不下去，即使用劲咽下，也难免不能消化，在肚子里咕咚的响它好半天。这也未必是因为我病后神经衰弱的缘故。我想，倘若用西瓜作比，讲过国耻讲义，却立刻又会高高兴兴的把这西瓜吃下，成为血肉的营养的人，这人恐怕是有些麻木。对他无论讲什么讲义，都是毫无功效的。

我没有当过义勇军，说不确切。但自己问：战士如吃西瓜，是否大抵有一面吃，一面想的仪式的呢？我想：未必有的。他大概只觉得口渴，要吃，味道好，却并不想到此外任何好听的大道理。吃过西瓜，精神一振，战斗起来就和喉干舌敝时候不同，所以吃西瓜和抗敌的确有关系，但和应该怎样想的上海设定的战略，却是不相干。这样整天哭丧着脸去吃喝，不多久，胃口就倒了，还抗什么敌。

然而人往往喜欢说得稀奇古怪，连一个西瓜也不肯主张平平常常的吃下去。其实，战士的日常生活，是并不全部可歌可泣的，然而又无不和可歌可泣之部相关联，这才是实际上的战士。

八月二十三日。

祖父死了的时候

萧　红

祖父总是有点变样子，他喜欢流起眼泪来，同时过去很重要的事情他也忘掉。比方过去那一些他常讲的故事，现在讲起来，讲了一半，下一半他就说："我记不得了。"

某夜，他又病了一次，经过这一次病，他竟说：

"给你三姑写信，叫她来一趟，我不是四五年没看过她吗？"他叫我写信给我已经死去五年的姑母。

那次离家是很痛苦的。学校来了开学通知信，祖父又一天一天的变样起来。

祖父睡着的时候，我就躺在他的旁边哭，好像祖父已经离开我死去似的，一面哭着一面抬头看他凹陷的嘴唇。

我若死掉祖父，就死掉我一生最重要的一个人，好像他死了就把人间一切“爱”和“温暖”带得空空虚虚。我的心被丝线扎住或是被铁丝绞住了。

我联想到母亲死的时候。母亲死以后，父亲怎样打我，又娶一个新母亲来。这个母亲很客气，不打我，就是骂，也是指着桌子或椅子来骂我。客气是越客气了，但是冷淡了，疏远了，生人一样。

“到院子去玩玩吧！”祖父说了这话之后，在我的头上撞了一下，“喂！你看这是什么？”黄金色的桔子落到我的手中。

夜间不敢到茅厕去，我说：“妈妈同我到茅厕去趟吧。”

“我不去！”

“那我害怕呀！”

“怕什么？”

“怕什么？怕鬼怕神？”父亲也说话了，把眼睛从眼镜上面看着我。

冬天，祖父已经睡下，赤着脚，开着钮扣跟我到外面茅厕去。

学校开学，我迟到了四天。

三月里，我又回家一次。正在外面叫门，里面小弟弟嚷着：

“姐姐回来了！姐姐回来了！”

大门开时，我就远远注意着祖父住着的那间房子。果然祖父的面孔和胡子闪现在玻璃窗里。

我跳着笑着跑进屋去。但不是高兴，只是心酸，祖父的脸色更惨淡更白了。等屋子里一个人没有时，他流着泪，他慌慌忙忙的一边用袖口擦着眼泪，一边抖动着嘴唇：

“爷爷不行了，不知早晚……前些日子好险没跌……跌死。”

“怎么跌的？”

“就是在后屋，我想去解手，招呼人，也听不见，按电铃也没有人来，就得爬啦。还没到后门口，腿颤，心跳，眼前发花了一阵就倒下去。没跌断了腰……人老了，有什么用处！爷爷是八十一岁呢！”

“爷爷是八十一岁。”

“没用了，活了八十一岁还是在地上爬呢！我想想你看不着爷爷了，谁知没有跌死，我又慢慢爬到炕上。”

我走的那天也是和我回来那天一样，白色的脸的轮廓闪现在玻璃窗里。

在院心我回头看着祖父的面孔，走到大门口，在大门口我仍可看见，出了大门，就被门扇遮断。

从这一次祖父就与我永远隔绝了。虽然那次和祖父告别，并没说出一个永别的字。

我回来看祖父，这回门前吹着喇叭，幡杆挑得比房头更高，马车离家很远的时候，我已看到高高的白色幡杆了，吹鼓手们的喇叭怆凉的在悲号。马车停在喇叭声中，大门前的白幡，白对联，院心的灵棚，闹嚷嚷许多人，吹鼓手们响起呜呜的哀号。

这回祖父不坐在玻璃窗里，是睡在堂屋的板床上，没有灵魂地躺在那里。我要看一看他白色的胡子，可是怎样看呢！拿开他脸上蒙着的纸吧，胡子，眼睛和嘴，都不会动了，他真的一点感觉也没有了？

我从长长的袖管里去摸他的手，手也没有感觉了。祖父这回真死去了啊！

祖父装进棺材去的那天早晨，正是后园里玫瑰花开放满树的时候。

我扯着祖父的一张被角，抬向灵前去。吹鼓手在灵前吹着大喇叭。

我怕起来，我号叫起来。

“咣咣！”黑色的，半尺厚的灵柩盖子压上去。

吃饭的时候，我饮了酒，用祖父的酒杯饮的。饭后我跑到后园玫瑰树下去卧倒，园中飞着蜂子和蝴蝶，绿草的清凉的气味，这都和十年前一样。可是十年前死了妈妈。妈妈死后我仍是在园中捕蝴蝶；这回祖父死去，我却饮了酒。

过去的十年我是和父亲打斗着生活。在这期间我觉得人是残酷的东西。父亲对我是没有好面孔的，对于仆人也是没有好面孔的，他对于祖父也是没有好面孔的。

因为仆人是穷人，祖父是老了，我是个小孩子，所以我们这些完全没有保障的人就落到他的手里。后来我看到新娶来的母亲也落到他的手里，他喜欢她的时候，便同她说笑，他恼怒时便骂她，母亲渐渐也怕起父亲来。

母亲也不是穷人，也不是老人，也不是孩子，怎么也怕起父亲来呢?

我到邻家去看看，邻家的女人也是怕男人。我到舅家去，舅母也是怕舅父。

我懂得的尽是些偏僻的人生，我想世间死了祖父，就没有再同情我的人了，世间死了祖父，剩下的尽是些凶残的人。

我饮了酒，回想，幻想……

以后我必须不要家，到广大的人群中去，但我在玫瑰树下颤慄了，人群中没有我的祖父。

所以我哭着，整个祖父死的时候我哭着。

我的中学生时代

夏丏尊

中学校时代，在年龄上是指十三四岁到十八九岁的一段。我今年四十六岁，我的中学校时代已是三十年以前的事了。那时正是由科举过渡到学校的当儿，学校未兴，私塾是唯一的学校。我自幼也从塾师读经书，学八股，考秀才，后来且考过举人。及科举全废的前两三年，然后改进学校，可是未曾在什么学校里毕过业，未曾得过卒业文凭。

我上代是经商的，父亲却是个秀才。在十岁以前，祖父的事业未倒，家境很不坏，兄弟五人中据说我在八字上可以读书，于是祖父与父亲都期望我将来中举人点翰林，光大门楣，不预备叫我去学生意。在我家坐馆的先生也另眼相看，我所读的功课是和我的兄弟们不同的。他们读毕四书，就读些《幼学琼林》和尺牍书类，而我却非读《左传》《诗经》《礼记》等等不可。他们不必做八股文，而我却非做八股文不可。因为我是要预备将来做读书人的。

十六岁那年我考得了秀才，以后不久八股即废，改“以策论取士”。八股在戊戌政变时曾废过，不数月即恢复，至是时乃真废了。这改革使全国的读书人大起恐慌。当时的读书人大都是一味靠八股吃饭的，他们平日朝夕所读的是八股，案头所列的是闱墨或试帖诗，经史向不研究，“时务”更所茫然。我虽八股的积习未深，不曾感到很大的不平，但要从师也无师可从，只是把《大题文府》等类搁起，换些《东来博议》《读通鉴论》《古文观止》之类的东西来读，把白折纸废去，临摹碑帖，再把当时唯一的算术书《笔算数学》买来自修而已。

那时我家里的情况已大不如从前了。最初是祖父的事业失败，不久祖父即去世。父亲是少爷出身，舒服惯了的。兄弟们为家境所迫，都托亲友介绍，提早作商店学徒去了。五间三进的宽大而贫乏的家里，除了母亲和一个嫂子，就剩了父子两个老小秀才。父亲的书箱里，八股文以外有一部《史记》，一部《前汉后书》，一部《韩昌黎集》，一部《唐诗三百首》，一部《通鉴纲目》，一部《文选》，一部《聊斋志异》，一部《红楼梦》，一部《西厢记》，一部《经策通纂》，一部《皇清经解》，还有几种唐人的碑帖与《桐荫论画》等论书画的东西。父子把这些书作长日的消遣，父亲爱写字，种花，整洁屋室，室里干净清静得如庵院一般。这样地过了约莫一年。

亲戚中从上海回来的，都来劝读外国书（即现在的所谓进学校）。当时内地无学校，要读外国书只有到上海。据说上海最有名的是梵王渡（即现在的圣约翰大学），如果在那里毕业，包定有饭吃。父母也觉得科举快将全废，长此下去究不是事，于是就叫我到上海去读外国书。当时读外国书的地方并不多，外国人立的只有梵王渡、震旦与中西书院，中国人立的只有南洋公学。我是去读外国书的，当然要进外国人的学校。震旦是读法文的，梵王渡据说程度较高，要读过几年英文才能进去，中西书院（即现在东吴大学的前身）入学比较容易些，我于是就进中西书院。

那时生活程度还很低，可是学费却已并不便宜，中西书院每半年记得要缴费四十八元。家中境况已甚拮据，我的第一次半年的学费还是母亲把首饰变卖了给我的。我与便友同伴到了上海，由大哥送我入中西书院。那时我年十七。

中西书院分为六年（？）毕业，初等科三年，高等科三年，此外还有特科若干年。我当然进初等科，那时功课不限定年级，是依学生的程度定的。英文是甲班的，算学如果有些根底就可入乙班，国文好的可以入丙班。我英文初读，入甲班，最初读的是《华英初阶》；算学乙班，读《笔算数学》；国文，甲班；其余各科也参差不齐，记不清楚了。各种学科中，最被人看不起的是国文，上课与否可以随便，最注重的是英文。时间表很简单，每日上午全读英文，下午第一时板定是算学，其余各科则配搭在数学以后。监院（即校长）是美国人潘慎文，教习有史拜言、谢鸿赉等。同学一百多人，大多数是包车接送的富者之子，间有贫寒子弟，则系基督教徒，受有教会补助，读书不用花钱的。我的同学中很有许多现今知名之士。记得名律师丁榕、经济大家马寅初，都是我的先辈的同学。

中西书院门禁森严，除通学生外，非得保证人来信不能出大门一步，并且星期日不能告假（因为要做礼拜），情形几等于现在的旧式女学校。告假限在星期六下午。我的保证人是我的大哥，他在商店做事，每月只来带我出去一次，有时他自己有事，也就不来领我。我在那里几乎等于笼鸟，尤其是礼拜日，逃不掉做礼拜觉得很苦。

礼拜真正多极。每日上课前要做礼拜，星期三晚上要做礼拜，星期日早晨要做礼拜，晚上又要做礼拜。每次礼拜有舍监来各房间查察，非去不可。每日早晨的礼拜约须三十分钟，其余的都要费一小时以上。唱赞美歌，祷告，讲经，厌倦非凡。这种麻烦，如果叫现今每周只做一次纪念周犹嫌费事的学生诸君去尝，不知能否忍耐呢。

读了一学期，学费无法继续，于是只好仍旧在家里，用《华英进阶》《华英字典》（这是中国第一部英文字典，商务出版）、《代数备旨》等书自修。另外再作些策论《四书义》，请邑中的老先生评阅。秋间再去考乡试，举人当然无望，却从临书时肆（当时平日书店很少，一至考试时，试院附近临时书店如林）买了严译《原富》《天演论》等书回来，莫名其妙地翻阅。我也向朋友那里借了《新民丛报》等来看，由是对于明末清初的故事与文章很有兴味，《明季稗史》《明夷待访录》《吴梅村集》《虞初新志》等书，都是我所耽读的。

十八岁那年，因了一位朋友的劝告，同到绍兴府学堂（即现在浙江第五中学的前身）入学。在那一二年中，内地学堂已成立了不少。当时办学概依奏定学堂章程，学制很划一。县有县学堂，性质为现在的高小程度，府学堂则相当于现在的中学，省学堂相当于大学预科，京师大学堂即现在的所谓大学了。学堂的成立，并无一定顺序，我们绍属是先有中学，后有小学的。府学堂不收学费，宿费更不须出，饭费只每月二元光景。并且学校由书院改设，书院制尚未全除，月考成绩若优，还有一元乃至几毛钱的“膏火”可得（膏火是书院时代的奖金名称，意思是灯油费）。读书不但可以不花钱，而且弄得好还有零用可获得的。

府学堂的科目记得为伦理、经学、国文、英文、史学、舆地、算学、格致（即现在的理化博物）、体操、测绘（用器画舆地图），功课亦依程度编级，一如中西书院的办法。我因英文已有半年每日三点钟及在家自修的成绩，居然大出风头，被排在程度顶高的一级里，算学与国文的班次也不低。同学之中年龄老大的很多，班级皆低于我，我于是颇受师友的青眼。

国文是一位王先生教的，选读《皇朝经世文编》，作文题是《范文正公为秀才时便以天下为己任》《士先器识而后文艺》之类。经学是徐先生（即刺恩铭的徐锡麟烈士）担任的，他叫我们读《公羊传》，上课时大发挥其微言大义。测绘也由这位徐先生担任。体操教师是一位日本人。他不会讲中国话，口令是用日本语的，故于最初就由他教我们几句体操用的日本语，如“立正”“向前”之类。伦理教师最奇特，他姓朱，是绍兴有名的理学家，有长长的须髯，走路踱方步，写字仿朱子。他教我们学“洒扫应对”“居敬存诚”，还教我们舞佾，拿了鸡尾似的劳什子作种种把戏。据他的主张，上课时书应端执在右手，不应挟在腋下；上班退班都须依照长幼之序“鱼贯而行”，不应作鸟兽散；见先生须作揖，表示敬意。我们虽不以为然，却不去加以攻击，只依老古董相待罢了。

当时青年界激昂慷慨，充满着蓬勃的朝气，似乎都对于中国怀着相当的期待，不像现在的消沉幻灭。庚子事件经过不久，又当日俄战争，风云恶劣。《新民丛报》《浙江潮》等杂志大受青年界的欢迎，报纸上的社论也大被注意阅读。那时恋爱尚未成为青年间的问题，出路的关心也不如现在的急切（因为读书人本来不大讲究出路），三四朋友聚谈，动辄就把话题移到革命上去。见了留学生从日本回来没有辫子，恨不得也去留学，可以把辫子剪去（当时普通人是不许剪辫子的）。见了花翎颜色顶子的官吏，就暗中憎恶，以为这是奴隶的装束。卢梭、罗兰夫人、马志尼等，都因了《新民丛报》的介绍，在我们的心胸里成了令人神往的理想人物。罗兰夫人的“自由，自由！天下几多罪恶假汝之名以行！”已成了摇笔即来的文章的套语了。

我在这样的空气中过了半年中学生活，第二学期又辍学了。这次辍学并非由于拿不出学费，乃是为了要代替父亲坐馆。父亲在一年来已在家授徒了，一则因邻近有许多小孩子要请人教书，二则父亲嫌家里房屋太大，住了太寂寞，于是在家里设起书塾来。来读的是几个族里与邻家的小孩。中途忽然有一位朋友要找父亲去替他帮忙，为了友谊与家计，都非去不可。书馆是不能中途解散的，家里又无男子，很不放心，于是就叫我辍学代庖。功课当然是我所教得来的。学生不多，时间很有余暇，于是一壁教书，一壁仍行自修。家里人颇思叫我永继父职，就长此教书下去。本乡小学校新立，也邀我去充教习，但我总觉得于心不甘。

恰好有一个亲戚的长辈从日本留学法政回来，说日本如何如何地好，求学如何如何地便利。我对于日本留学梦想已久了，听了他的话，心乃愈动。父母并不大反对，只是经费无着，乃遍访亲友借贷，很费力地集了五百元，冒险赴日。

当时赴日留学成为一种风气。东京有一个宏文学院，就是专为中国留学生办的，普通科二年毕业，除教日语外，兼教中学课程。凡想进专门以上的学校的，大概都在那里预备。我因学费不足两年的用度，乃于最初数月请一日本人专教日文，中途插入宏文学院普通科去。总算我的自修有效，英算各科居然尚能衔接赶上。在那里将毕业的前二三月，东京高等工业学校招考了，我不待毕业就去跨考，结果幸而被录取。当时规定，入了官立专门学校就有官费的，而浙江因人多不能照办。

我入高工后快将一年，就领不到官费，家中已为我负债不少，结果乃又不得不中途辍学回国，谋职糊口。我的中学时代就此结束了，那年我二十一岁。

总计我的中学时代，经过许多的周折，东补西凑，断续不成片断。我为了修得区区的中学课程，曾经过不少磨难，空费过长期的光阴。这种困苦的经验，当时不但我个人有过，实可谓是一般的情形。现在的中学生在这点上真足羡艳，真是幸福。

1931 年 6 月

读《芝兰与茉莉》因而想及我的祖母

许地山

正要到哥仑比亚底检讨室里校阅梵籍，和死和尚争虚实，经过我底邮筒，明知每次都是空开底，还要带着希望姑且开来看看。这次可得着一卷东西，知道不是一分钟可以念完底。遂插在口袋里，带到检讨室去。

我正研究唐代佛教在西域衰灭底原因，翻起史太因在和阗所得底唐代文契，一读马令痣同母党二娘向护国寺僧虎英借钱底私契，妇人许十四典首饰契，失名人底典婢契等等，虽很有趣，但掩卷一想，恨当时的和尚只会营利，不顾转法轮，无怪回纥一入，便尔扫灭无余。

为释迦文担忧，本是大愚：曾不知成、住、坏、空，是一切法性？不看了，掏出口袋里底邮件，看看是什么罢。

《芝兰与茉莉》

这名字很香呀！我把纸笔都放在一边，一气地读了半天工夫——从头至尾，一句一字细细地读。这自然比看唐代死和尚底文契有趣。读后底余韵，常绕缭于我心中；像这样的文艺很合我情绪底胃口似地。

读中国底文艺和读中国底绘画一样。试拿山水——西洋画家叫做“风景画”——来做个例：我们打稿（composition）是鸟瞰的、纵的，所以从近处底溪桥，而山前底村落，而山后底帆影，而远地底云山；西洋风景画是水平的、横的；除水平线上下左右之外，理会不出幽深的、绵远的兴致。所以中国画宜于纵的长方，西洋画宜于横的长方。文艺也是如此：西洋人底取材多以“我”和“我底女人或男子”为主，故属于横的、夫妇的；中华人底取材多以“我”和“我底父母或子女”为主，故属于纵的、亲子的。描写亲子之爱应当是中华人底特长；看近来底作品，究其文心，都含这唯一义谛。

爱亲底特性是中国文化底细胞核，除了他，我们早就要断发短服了！我们将这种特性来和西洋的对比起来，可以说中华民族是爱父母的民族；那边欧西是爱夫妇的民族。因为是“爱父母的”，故叙事直贯，有始有终，源源本本，自自然然地说下来。这“说来话长”底特性——很和拔丝山药一样地甜热而黏——可以在一切作品里找出来。无论写什么，总有从盘古以来说到而今底倾向。写孙悟空总得从猴子成精说起；写贾宝玉总得从顽石变灵说起；这写生生因果底好尚是中华文学底文心，是纵的，是亲子的，所以最易抽出我们底情绪。

八岁时，读《诗经·凯风》和《陟岵》，不晓得怎样，眼泪没得我底同意就流下来？九岁读《檀弓》到“今丘也，东西南北之人也”一段，伏案大哭。先生问我，“今天底书并没给你多上，也没生字，为何委曲？”我说，“我并不是委曲，我只伤心这‘东西南北’四字。”第二天，接着念“晋献公将杀其世子申生”一段，到“天下岂有无父之国哉？”又哭，直到于今，这“东西南北”四个字还能使我一念便伤怀。我尝反省这事，要求其使我哭泣底缘故。不错，爱父母的民族底理想生活便是在这里生、在这里长、在这里聚族、在这里埋葬，东西南北地跑当然是一种可悲的事了。因为离家、离父母、离国是可悲的，所以能和父母、乡党过活底人是可羡的。无论什么也都以这事为准绳：做文章为这一件大事做，讲爱情为这一件大事讲，我才理会我底“上坟瘾”不是我自己所特有，是我所属底民族自盘古以来遗传给我底。你如自己念一念“可爱的家乡啊！我睡眼朦胧里，不由得不乐意接受你欢迎的诚意。”和“明儿……你真要离开我了么？”应作如何感想？

爱夫妇的民族正和我们相反。夫妇本是人为，不是一生下来就铸定了彼此的关系。相逢尽可以不相识，只要各人带着，或有了各人底男女欲，就可以。你到什么地方，这欲跟到什么地方；他可以在一切空间显其功用，所以在文心上无需溯其本源，究其终局，干干脆脆，Just a word，也可以自成段落。爱夫妇的心境本含有一种舒展性和侵略性，所以乐得东西南北，到处地跑。夫妇关系可以随地随时发生，又可以强侵软夺，在文心上当有一种“霸道”“喜新”“乐得”“为我自己享受”底倾向。

总而言之，爱父母的民族底心地是“生”；爱夫妇的民族底心地是“取”。生是相续的；取是广延的。我们不是爱夫妇的民族，故描写夫妇，并不为夫妇而描写夫妇，是为父母而描写夫妇。我很少见——当然是我少见——中国文人描写夫妇时不带着“父母的”底色彩；很少见单独描写夫妇而描写得很自然的。这并不是我们不愿描写，是我们不惯描写广延性的文学底缘故。从对面看，纵然我们描写了，人也理会不出来。

《芝兰与茉莉》开宗第一句便是“祖母真爱我！”这已把我底心牵引住了。“祖父爱我”，当然不是爱夫妇的民族所能深味，但他能感我和《檀弓》差不了多少。“垂老的祖母，等得小孩子奉甘旨么？”子女生活是为父母底将来，父母底生活也是为着子女，这永远解不开底结，结在我们各人心中。触机便发表于文字上。谁没有祖父母、父母呢？他们底折磨、担心，都是像夫妇一样有个我性底么？丈夫可以对妻子说，“我爱你，故我要和你同住”；或“我不爱你，你离开我罢”。妻子也可以说，“人尽可夫，何必你？”但子女对于父母总不能有这样的天性。所以做父母底自自然然要为子女担忧受苦，做子女底也为父母之所爱而爱，为父母而爱为第一件事。爱既不为我专有，“事之不能尽如人意”便为此说出来了。从爱父母的民族眼中看夫妇底爱是为三件事而起，一是继续这生生底线；二是往溯先人底旧典；三是承纳长幼底情谊。

说起书中人底祖母，又想起我底祖母来了。“事之不能尽如人意者，夫复何言！”我底祖母也有这相同的境遇呀！我底祖母，不说我没见过，连我父亲也不曾见过，因为她在我父亲未生以前就去世了。这岂不是很奇怪的么？不如意的事多着呢！爱祖母底明官，你也愿意听听我说我祖母底失意事么？

八十年前，台湾府——现在的台南——城里武馆街有一家，八个兄弟同一个老父亲同住着，除了第六、七、八底弟弟还没娶以外，前头五个都成家了。兄弟们有做武官底，有做小乡绅底，有做买卖底。那位老四，又不做武官又不做绅士，更不曾做买卖；他只喜欢念书，自己在城南立了一所小书塾名叫窥园，在那里一面读，一面教几个小学生。他底清闲，是他兄弟们所羡慕，所嫉妒底。

这八兄弟早就没有母亲了。老父亲很老，管家底女人虽然是妯娌们轮流着当，可是实在的权柄是在一位大姑手里。这位大姑早年守寡，家里没有什么人，所以常住在外家。因为许多弟弟是她帮忙抱大底，所以她对于弟弟们很具足母亲底威仪。

那年夏天，老父亲去世了。大姑当然是“阃内之长”，要督责一切应办事宜底。早晚供灵底事体，照规矩是媳妇们轮着办底。那天早晨该轮到四弟妇上供了。四弟妇和四弟是不上三年底夫妇，同是二十多岁，情爱之浓是不消说底。

大姑在厅上嚷，“素官，今早该你上供了。怎么这时候还不出来？”

居丧不用粉饰面，把头发理好，也毋需盘得整齐。所以晨妆很省事。她坐在妆台前，嚼槟榔，还吸一管旱烟。这是台湾女人们最普遍的嗜好。有些女人喜欢学土人把牙齿染黑了，她们以为牙齿白得像狗底一样不好看，将槟榔和着叶、熟灰嚼，日子一久，就可以使很白的牙齿变为漆黑。但有些女人是喜欢白牙底，她们也嚼槟榔，不过把灰灭去就可以。她起床，漱口后第一件事是嚼槟榔，为底是使牙齿白而坚固，外面大姑底叫唤，她都听不见，只是嚼着；还吸着烟在那里出神。

四弟也在房里，听见姊姊叫着妻子，便对她说：“快出去罢。姊姊要生气了。”

“等我嚼完这口槟榔，吸完这口烟才出去。时候还早咧。”

“怎么你不听姊姊底话？”

“为什么要听你姊姊底话？你为什么不听我底话？”

“姊姊就像母亲一样。丈夫为什么要听妻子底话？”

“‘人未娶妻是母亲养底，娶了妻就是妻子养底。’你不听妻子底话，妻子可要打你好像打小孩子一样。”

“不要脸，那里来得这么大的孩子！我试先打你一下，看你打得过我不。”老四带着嬉笑的样子，拿着拓扇向妻子底头上要打下去。妻子放下烟管，一手抢了扇子，向着丈夫底额头轻打了一下，“这是谁打谁了！”

夫妇们在殡前是要在孝堂前后底地上睡底，好容易到早晨同进屋里略略梳洗一下，借这时间谈谈。他对于享尽天年底老父亲底悲哀，自然盖不过对于婚媾不久的夫妇底欢愉。所以，外头虽然尽其孝思；里面底“琴瑟”还是一样地和鸣。中国底天地好像不许夫妇们在丧期里有谈笑底权利似地。他们在闹玩时，门帘被风一吹，可巧被姊姊看见了。姊姊见她还没出来。正要来叫她，从布帘飞处看见四弟妇拿着拓扇打四弟，那无明火早就高起了一万八千丈。

“那里来底泼妇，敢打她底丈夫！”姊姊生气嚷着。

老四慌起来了。他挨着门框向姊姊说：“我们闹玩；没有什么事。”

“这是闹玩底时候么？怎么这样懦弱，教女人打了你，还替她说话？我非问她外家，看看这是什么家教不可。”

他退回屋里，向妻子伸伸舌头，妻子也伸着舌头回答他。但外面越呵责越厉害了。越呵责，四弟妇越不好意思出去上供，越不敢出去越要挨骂，妻子哭了。他在旁边站着。劝也不是，慰也不是。

她有一个随嫁底丫头，听得姑太越骂越有劲，心里非常害怕。十三四岁底女孩，那里会想事情底关系如何？她私自开了后门，一直跑回外家，气喘喘地说，“不好了！我们姑娘被他家姑太骂得很厉害，说要赶她回来咧！”

亲家爷是个商人，头脑也很率直，一听就有了气；说，“怎样说得这样容易——要就取去，不要就扛回来？谁家养女儿是要受别人底女儿欺负底？”他是个杂货行主，手下有许多工人，一号召，都来聚在他面前。他又不打听到底是怎么一回事，对着工人们一气地说，“我家姑娘受人欺负了。你们替我到许家去出出气。”工人一轰，就到了那有丧事底亲家门前，大兴问罪之师。

里面底人个个面对面呈出惊惶的状态。老四和妻子也相对无言，不晓得要怎办才好，外面底人们来得非常横逆，经兄弟们许多解释然后回去。姊姊更气得凶，跑到屋里，指着四弟妇大骂特骂起来。

“你这泼妇，怎么这一点点事情，也值得教外家底人来干涉？你敢是依仗你家里多养了几个粗人，就来欺负我们不成？难道你不晓得我们诗礼之家在丧期里要守制底么？你不孝的贱人，难道丈夫叫你出来上供是不对的，你就敢用扇头打他？你已犯七出之条了，还敢起外家来闹？好，要吃官司，你们可以一同上堂去，请官评评。弟弟是我抱大底，我总可以做抱告。”

妻子才理会丫头不在身边。但事情已是闹大了，自己不好再辩，因为她知道大姑底脾气，越辩越惹气。

第二天早晨，姊姊召集弟弟们在灵前，对他们说，“像这样的媳妇还要得么？我想待一会，就扛她回去。”这大题目一出来，几个弟弟都没有话说；最苦的就是四弟了。他知道“扛回去”就是犯“七出之条”时“先斩后奏”底办法，就颤声地向姊姊求情。姊姊鄙夷他说，“没志气的懦夫，还敢要这样的妇人么？她昨日所说底话我都听见了。女子多着呢，日后我再给你挑个好的。我们已预备和她家打官司，看看是礼教有势，还是她家工人底力量大。”

当事的四弟那时实在是成了懦夫了！他一点勇气也没有，因为这“不守制”“不敬夫”底罪名太大了，他自己一时也找不出什么话来证明妻子底无罪，有赦免底余地。他跑进房里，妻子哭得眼都肿了。他也哭着向妻子说，

“都是你不好！”

“是，……是……我我……我不好，我对对……不起你！”妻子抽噎着说。丈夫也没有什么话可安慰她，只挨着她坐下，用手抚着她底脖项。

果然姊姊命人雇了一顶轿子，跑进房里，硬把她扶出来，把她头上底白麻硬换上一缕红丝，送她上轿去了。这意思就是说她此后就不是许家底人，可以不必穿孝。

“我有什么感想呢？我该有怎样的感想呢？懦夫呵！你不配颜在人世，就这样算了么？自私的我，却因为不贯彻无勇气而陷到这种地步，夫复何言！”当时他心里也未必没有这样的语言。他为什么懦弱到这步田地？要知道他原不是生在为夫妇的爱而生活底地方呀！

王亲家看见平地里把女儿扛回来，气得在堂上发抖。女儿也不能说什么，只跪在父亲面前大哭。老亲家口口声声说要打官司，女儿直劝无需如此，是她底命该受这样折磨底，若动官司只能使她和丈夫吃亏，而且把两家底仇恨结得越深。

老四在守制期内是不能出来底。他整天守着灵想妻子。姊姊知道他底心事，多方地劝慰他。姊姊并不是深恨四弟妇，不过她很固执，以为一事不对就事事不对，一时不对就永远不对。她看“礼”比夫妇底爱要紧。礼是古圣人定下来，历代的圣贤亲自奉行底。妇人呢？这个不好，可以挑那个。所以夫妇底配合只要有德有貌，像那不德、无礼的妇人，尽可以不要。

出殡后，四弟仍到他底书塾去。从前，他每夜都要回武馆街去底，自妻去后，就常住在窥园。他觉得一到妻子房里冷清清地，一点意思也没有，不如在书房伴着书眠还可以忘其愁苦。唉，情爱被压底人都是要伴书眠底呀！

天色晚，学也散了。他独在园里一棵芒果树下坐着发闷。妻子底随嫁丫头蓝从园门直走进来，他虽熟视着，可像不理会一样。等到丫头叫了他一声“姑爷”，他才把着她底手臂如见了妻子一般。他说，“你怎么敢来？……姑娘好么？”

“姑娘命我来请你去一趟。她这两天不舒服，躺在床上哪，她吩咐掌灯后才去，恐怕人家看见你，要笑话你。”

她说完，东张西望，也像怕人看见她来，不一会就走了。那几点钟底黄昏偏又延长了，他好容易等到掌灯时分！他到妻子家里，丫头一直就把他带到楼上，也不敢教老亲家知道。妻子底面比前几个月消疲了，他说，“我底……，”他说不下去了，只改过来说，“你怎么瘦得这个样子！”

妻子躺在床上也没起来，看见他还站着出神，就说，“为什么不坐，难道你立刻要走么？”她把丈夫揪近床沿坐下，眼对眼地看着。丈夫也想不出什么话来说，想分离后第一次相见底话是很难起首底。

“你是什么病？”

“前两天小产了一个男孩子！”

丈夫听这话，直像喝了麻醉药一般。

“反正是我底罪过大，不配有福分，连从你得来底孩子也不许我有了。”

“不要紧的，日后我们还可以有五六个。你要保养保养才是。”

妻子笑中带着很悲哀的神彩，说，“痴男子，既休的妻还能有生子女底荣耀么？”说时，丫头递了一盏龙眼干甜茶来。这是台湾人待生客和新年用底礼茶。

“怎么给我这茶喝；我们还讲礼么？”

“你以后再娶，总要和我生疏底。”

“我并没休你。我们底婚书，我还留着呢。我，无论如何，总要想法子请你回去底；除了你，我还有谁？”

丫头在旁边插嘴说，“等姑娘好了，立刻就请她回去罢。”

他对着丫头说，“说得很快，你总不晓得姑太和你家主人都是非常固执，非常喜欢赌气，很难使人进退底。这都是你弄出来底。事已如此，夫复何言！”

小丫头原是不懂事，事后才理会她跑回来报信底关系重大。她一听“这都是你弄出来底”，不由得站在一边哭起来。妻子哭，丈夫也哭。

一个男子底心志必得听那寡后回家当姑太底姊姊使令么？当时他若硬把妻子留住，姊姊也没奈他何，最多不过用“礼教底棒”来打他而已。但“礼教之棒”又真可以打破人底命运么？那时候，他并不是没有反抗礼教底勇气，是他还没得着反抗礼教底启示。他心底深密处也会像吴明远那样说，“该死该死！我既爱妹妹，而不知护妹妹，我既爱我自己而不知为我自己着想，我负了妹妹，我误了自己！事原来可以如人意，而我使之不能，我之罪恶岂能磨灭于万一，然而赴汤蹈火，又何足偿过失于万一呢？你还敢说：‘事已如此，夫复何言’么？”

四弟私会出妻底事，教姊姊知道，大加申斥。说他没志气。不过这样的言语和爱情没有关系。男女相待遇本如大人和小孩一样。若是男子爱他底女人，他对于她底态度语言、动作，都有父亲对女儿底倾向；反过来说，女人对于她所爱底男子也具足母亲对儿子底倾向。若两方都是爱者，他们同时就是被爱者，那是说他们都自视为小孩子故彼此间能吐露出真性情来。小孩们很愿替他们底好朋友担忧、受苦、用力；有情的男女也是如此。所以姊姊底申斥不能隔断他们底私会。

妻子自回外家后，很悔她不该贪嚼一口槟榔，贪吸一管旱烟，致误了灵前底大事。此后，槟榔不再入她底口，烟也不吸了。她要为自己底罪过忏悔，就吃起长斋来。就是她亲爱底丈夫有时来到，很难得的相见时，也不使他挨近一步，恐怕玷了她底清心。她只以念经绣佛为她此生唯一的本分，夫妇的爱不由得不压在心意底崖石底下。

十几年中，他只是希望他岳丈和他姊姊底意思可以挽回于万一。自己底事要仰望人家，本是很可怜的。亲家们一个是执拗，一个是赌气，因之光天化日底时候难以再得。

那晚上，他正陪姊姊在厅上坐着，王家底人来叫他。姊姊不许，说：“四弟，不许你去。”

“姊姊，容我去看她一下罢。听说她这两天病得很厉害，人来叫我，当然是很要紧的，我得去看看。”

“反正你一天不另娶，是一天忘不了那泼妇底。城外那门亲给你讲了好几年，你总是不介意。她比那不知礼的妇人好得多——又美、又有德。”

这一次，他觉得姊姊底命令也可以反抗了。他不听这一套，径自跑进屋里，把长褂子一披，匆匆地出门。姊姊虽然不高兴，也没法揪他回来。

到妻子家，上楼去。她躺在床上，眼睛半闭着，病状已很凶恶。他哭不出来，走近前，摇了她一下。

“我底夫婿，你来了！好容易盼得你来！我是不久的人了，你总要为你自己的事情打算；不要像这十几年，空守着我，于你也没有益处。我不孝已够了，还能使你再犯不孝之条么？——‘不孝有三，无后为大。’”

“孝不孝是我底事；娶不娶也是我底事。除了你，我还有谁？”

这时丫头也站在床沿。她已二十多岁，长得越妩媚、越懂事了。她底反省，常使她起一种不可言喻的伤心，使她觉得她永远对不起面前这位垂死的姑娘和旁边那位姑爷。

垂死的妻子说：“好罢，我们底恩义是生生世世的。你看她，”她撮嘴指着丫头，用力往下说，“她长大了。

事情既是她弄出来底，她得替我偿还。”她对着丫头说，“你愿意么？”丫头红了脸，不晓得要怎样回答。她又对丈夫说，“我死后，她就是我了。你如记念我们旧时的恩义，就请带她回去，将来好替我……”

她把丈夫底手拉去，使他揸住丫头底手，随说，“唉，子女是要紧的，她将来若能替我为你养几个子女，我就把她从前的过失都宽恕了。”

妻子死后好几个月，他总不敢向姊姊提起要那丫头回来。他实在是很懦弱的，不晓怎样怕姊姊会怕到这地步！

离王亲家不远住着一位老妗婆。她虽没为这事担心，但她对于事情底原委是很明了底。正要出门，在路上遇见丫头，穿起一身素服，手挽着一竹篮东西，她问，“蓝，你要到那里去？”

“我正要上我们姑娘底坟去。今天是她底百日。”

老妗婆一手扶着杖，一手捏着丫头底嘴巴，说，“你长得这么大了，还不回武馆街去么？”丫头低了头，没回答她。她又问，“许家没意思要你回去么？”

从前的风俗对于随嫁底丫头多是预备给姑爷收起来做二房底，所以妗婆问得很自然。丫头听见“回去”两字，本就不好意思，她双眼望着地上，摇摇头，静默地走了。

妗婆本不是要到武馆街去底，自遇见丫头以后，就想她是个长辈之一，总得赞成这事。她一直来投她底甥女，也叫四外甥来告诉他应当办底事体。姊姊被妗母一说，觉得再没有可固执底了；说，“好罢，明后天预备一顶轿子去扛她回来就是。”

四弟说：“说得那么容易？要总得照着娶继室底礼节办；她底神主还得请回来。”

姊姊说：“笑话，她已经和她底姑娘一同行过礼了，还行什么礼？神主也不能同日请回来底。”

老妗母说：“扛回来时，请请客，当做一桩正事办也是应该底。”

他们商量好了，兄弟也都赞成这样办。“这种事情，老人家最喜欢不过，”老妗母在办事底时候当然是一早就过来了。

这位再回来底丫头就是我底祖母了。所以我有两个祖母，一个是生身祖母，一个是常住在外家底“吃斋祖母”——这名字是母亲给我们讲祖母底故事时所用底题目。又“丫头”这两个字是我家底“圣讳”，平常是不许说底。

我又讲回来了。这种父母的爱底经验，是我们最能理会底。人人经验中都有多少“祖母的心”“母亲”“祖父”“爱儿”等等事迹，偶一感触便如悬崖泻水，从盘古以来直说到于今。我们底头脑是历史的，所以善用这种才能来描写一切的故事。又因这爱父母底特性，故在作品中，任你说到什么程度，这一点总抹杀不掉。我爱读《芝兰与茉莉》，因为他是源源本本地说，用我们经验中极普遍的事实触动我。我想凡是有祖母底人，一读这书，至少也会起一种回想底。

书看完了，回想也写完了，上课底钟直催着。现在的事好像比往事要紧；故要用工夫来想一想祖母底经历也不能了！大概她以后底境遇也和书里底祖母有一两点相同罢。

写于哥仑比亚图书馆四一三号，检讨室，十三年，二月，十日。

阿长与《山海经》

鲁　迅

长妈妈，已经说过，是一个一向带领着我的女工，说得阔气一点，就是我的保姆。我的母亲和许多别的人都这样称呼她，似乎略带些客气的意思。只有祖母叫她阿长。我平时叫她“阿妈”，连“长”字也不带；但到憎恶她的时候，——例如知道了谋死我那隐鼠的却是她的时候，就叫她阿长。

我们那里没有姓长的；她生得黄胖而矮，“长”也不是形容词。又不是她的名字，记得她自己说过，她的名字是叫作什么姑娘的。什么姑娘，我现在已经忘却了，总之不是长姑娘；也终于不知道她姓什么。记得她也曾告诉过我这个名称的来历：先前的先前，我家有一个女工，身材生得很高大，这就是真阿长。后来她回去了，我那什么姑娘才来补她的缺，然而大家因为叫惯了，没有再改口，于是她从此也就成为长妈妈了。

虽然背地里说人长短不是好事情，但倘使要我说句真心话，我可只得说：我实在不大佩服她。最讨厌的是常喜欢切切察察，向人们低声絮说些什么事，还竖起第二个手指，在空中上下摇动，或者点着对手或自己的鼻尖。我的家里一有些小风波，不知怎的我总疑心和这“切切察察”有些关系。又不许我走动，拔一株草，翻一块石头，就说我顽皮，要告诉我的母亲去了。一到夏天，睡觉时她又伸开两脚两手，在床中间摆成一个“大”字，挤得我没有余地翻身，久睡在一角的席子上，又已经烤得那么热。推她呢，不动；叫她呢，也不闻。

“长妈妈生得那么胖，一定很怕热罢？晚上的睡相，怕不见得很好罢？……”

母亲听到我多回诉苦之后，曾经这样地问过她。我也知道这意思是要她多给我一些空席。她不开口。但到夜里，我热得醒来的时候，却仍然看见满床摆着一个“大”字，一条臂膊还搁在我的颈子上。我想，这实在是无法可想了。

但是她懂得许多规矩；这些规矩，也大概是我所不耐烦的。一年中最高兴的时节，自然要数除夕了。辞岁之后，从长辈得到压岁钱，红纸包着，放在枕边，只要过一宵，便可以随意使用。睡在枕上，看着红包，想到明天买来的小鼓，刀枪，泥人，糖菩萨……。

然而她进来，又将一个福橘放在床头了。

“哥儿，你牢牢记住！”她极其郑重地说。“明天是正月初一，清早一睁开眼睛，第一句话就得对我说：‘阿妈，恭喜恭喜！’记得么？你要记着，这是一年的运气的事情。不许说别的话！说过之后，还得吃一点福橘。”她又拿起那橘子来在我的眼前摇了两摇，“那么，一年到头，顺顺流流……。”

梦里也记得元旦的，第二天醒得特别早，一醒，就要坐起来。她却立刻伸出臂膊，一把将我按住。我惊异地看她时，只见她惶急地看着我。

她又有所要求似的，摇着我的肩。我忽而记得了——

“阿妈，恭喜……。”

“恭喜恭喜！大家恭喜！真聪明！恭喜恭喜！”她于是十分喜欢似的，笑将起来，同时将一点冰冷的东西，塞在我的嘴里。我大吃一惊之后，也就忽而记得，这就是所

谓福橘，元旦辟头的磨难，

总算已经受完，可以下床玩耍去了。

她教给我的道理还很多，例如说人死了，不该说死掉，必须说“老掉了”；死了人，生了孩子的屋子里，不应该走进去；饭粒落在地上，必须拣起来，最好是吃下去；晒裤子用的竹竿底下，是万不可钻过去的……。此外，现在大抵忘却了，只有元旦的古怪仪式记得最清楚。总之：都是些烦琐之至，至今想起来还觉得非常麻烦的事情。

然而我有一时也对她发生过空前的敬意。她常常对我讲“长毛”。她之所谓“长毛”者，不但洪秀全军，似乎连后来一切土匪强盗都在内，但除却革命党，因为那时还没有。她说得长毛非常可怕，他们的话就听不懂。她说先前长毛进城的时候，我家全都逃到海边去了，只留一个门房和年老的煮饭老妈子看家。后来长毛果然进门来了，那老妈子便叫他们“大王”，——据说对长毛就应该这样叫，——诉说自己的饥饿。长毛笑道：“那么，这东西就给你吃了罢！”将一个圆圆的东西掷了过来，还带着一条小辫子，正是那门房的头。煮饭老妈子从此就骇破了胆，后来一提起，还是立刻面如土色，自己轻轻地拍着胸脯道："阿呀，骇死我了，骇死我了……。"

我那时似乎倒并不怕，因为我觉得这些事和我毫不相干的，我不是一个门房。但她大概也即觉到了，说道："像你似的小孩子，长毛也要掳的，掳去做小长毛。还有好看的姑娘，也要掳。"

"那么，你是不要紧的。"我以为她一定最安全了，既不做门房，又不是小孩子，也生得不好看，况且颈子上还有许多灸疮疤。

"那里的话？！"她严肃地说。"我们就没有用么？我们也要被掳去。城外有兵来攻的时候，长毛就叫我们脱下裤子，一排一排地站在城墙上，外面的大炮就放不出来；再要放，就炸了！"

这实在是出于我意想之外的，不能不惊异。我一向只以为她满肚子是麻烦的礼节罢了，却不料她还有这样伟大的神力。从此对于她就有了特别的敬意，似乎实在深不可测；夜间的伸开手脚，占领全床，那当然是情有可原的了，倒应该我退让。

这种敬意，虽然也逐渐淡薄起来，但完全消失，大概是在知道她谋害了我的隐鼠之后。那时就极严重地诘问，而且当面叫她阿长。我想我又不真做小长毛，不去攻城，也不放炮，更不怕炮炸，我惧惮她什么呢！

但当我哀悼隐鼠，给它复仇的时候，一面又在渴慕着绘图的《山海经》了。这渴慕是从一个远房的叔祖惹起来的。他是一个胖胖的，和蔼的老人，爱种一点花木，如珠兰，茉莉之类，还有极其少见的，据说从北边带回去的马缨花。他的太太却正相反，什么也莫名其妙，曾将晒衣服的竹竿搁在珠兰的枝条上，枝折了，还要愤愤地咒骂道："死尸！"这老人是个寂寞者，因为无人可谈，就很爱和孩子们往来，有时简直称我们为"小友"。在我们聚族而居的宅子里，只有他书多，而且特别。制艺和试帖诗，自然也是有的；但我却只在他的书斋里，看见过陆玑的《毛诗草木鸟兽虫鱼疏》，还有许多名目很生的书籍。我那时最爱看的是《花镜》，上面有许多图。他说给我听，曾经有过一部绘图的《山海经》，画着人面的兽，九头的蛇，三脚的鸟，生着翅膀的人，没有头而以两乳当作眼睛的怪物，……可惜现在不知道放在那里了。

我很愿意看看这样的图画，但不好意思力逼他去寻找，他是很疏懒的。问别人呢，谁也不肯真实地回答我。压岁钱还有几百文，买罢，又没有好机会。有书买的大街离我家远得很，我一年中只能在正月间去玩一趟，那时候，两家书店都紧紧地关着门。

玩的时候倒是没有什么的，但一坐下，我就记得绘图的《山海经》。

大概是太过于念念不忘了，连阿长也来问《山海经》是怎么一回事。这是我向来没有和她说过的，我知道她并非学者，说了也无益；但既然来问，也就都对她说了。

过了十多天，或者一个月罢，我还很记得，是她告假回家以后的四五天，她穿着新的蓝布衫回来了，一见面，就将一包书递给我，高兴地说道：

"哥儿，有画儿的'三哼经'，我给你买来了！"

我似乎遇着了一个霹雳，全体都震悚起来；赶紧去接过来，打开纸包，是四本小小的书，略略一翻，人面的兽，九头的蛇，……果然都在内。

这又使我发生新的敬意了，别人不肯做，或不能做的事，她却能够做成功。她确有伟大的神力。谋害隐鼠的怨恨，从此完全消灭了。

这四本书，乃是我最初得到，最为心爱的宝书。

书的模样，到现在还在眼前。可是从还在眼前的模样来说，却是一部刻印都十分粗拙的本子。纸张很黄；图像也很坏，甚至于几乎全用直线凑合，连动物的眼睛也都是长方形的。但那是我最为心爱的宝书，看起来，确是人面的兽；九头的蛇；一脚的牛；袋子似的帝江；没有头而“以乳为目，以脐为口”，还要“执干戚而舞”的刑天。

此后我就更其搜集绘图的书，于是有了石印的《尔雅音图》和《毛诗品物图考》，又有了《点石斋丛画》和《诗画舫》。《山海经》也另买了一部石印的，每卷都有图赞，绿色的画，字是红的，比那木刻的精致得多了。这一部直到前年还在，是缩印的郝懿行疏。木刻的却已经记不清是什么时候失掉了。

我的保姆，长妈妈即阿长，辞了这人世，大概也有了三十年了罢。我终于不知道她的姓名，她的经历；仅知道有一个过继的儿子，她大约是青年守寡的孤孀。

仁厚黑暗的地母呵，愿在你怀里永安她的魂灵！

三月十日。

辑六

心安即是归处

我的梦想

史铁生

也许是因为人缺了什么就更喜欢什么吧，我的两条腿一动不能动，却是个体育迷。我不光喜欢看足球、篮球以及各种球类比赛，也喜欢看田径、游泳、拳击、滑冰、滑雪、自行车和汽车比赛，总之我是个全能体育迷。当然都是从电视里看，体育场馆门前都有很高的台阶，我上不去。如果这一天电视里有精彩的体育节目，好了，我早晨一睁眼就觉得像过节一般，一天当中无论干什么心里都想着它，一分一秒都过得愉快。有时我也怕很多重大比赛集中在一天或几天（譬如刚刚闭幕的奥运会），那样我会把其他要紧的事都耽误掉。

其实我是第二喜欢足球，第三喜欢文学，第一喜欢田径。我能说出所有田径项目的世界纪录是多少，是由谁保持的，保持的时间长还是短。譬如说男子跳远纪录是由比蒙保持的，二十年了还没有人能破；不过这事不大公平，比蒙是在地处高原的墨西哥城跳出这八米九〇的，而刘易斯在平原跳出的八米七二事实上比前者还要伟大，但却不能算世界纪录。这些纪录是我顺便记住的，田径运动的魅力不在于纪录，人反正是干不过上帝；但人的力量、意志和优美却能从那奔跑与跳跃中得以充分展现，这才是它的魅力所在。它比任何舞蹈都好看，任何舞蹈跟它比起来都显得矫揉造作甚至故弄玄虚。也许是我见过的舞蹈太少了。而你看刘易斯或者摩西跑起来，你会觉得他们是从人的原始中跑来，跑向无休止的人的未来，全身如风似水般滚动的肌肤就是最自然的舞蹈和最自由的歌。

我最喜欢并且羡慕的人就是刘易斯。他身高一米八八，肩宽腿长，像一头黑色的猎豹，随便一跑就是十秒以内，随便一跳就在八米开外，而且在最重要的比赛中他的动作也是那么舒展、轻捷、富于韵律；绝不像流行歌星们的唱歌，唱到最后总让人怀疑这到底是要干什么。不怕读者诸君笑话，我常暗自祈祷上苍，假若人真能有来世，我不要求别的，只要求有刘易斯那样一副身体就好。我还设想，那时的人又会普遍比现在高了，因此我至少要有一米九以上的身材；那时的百米速度也会普遍比现在快，所以我不能只跑九秒九几。作小说的人多是白日梦患者。好在这白日梦并不令我沮丧，我是因为现实的这个史铁生太令人沮丧，才想出这法子来给他宽慰与向往。我对刘易斯的喜爱和崇拜与日俱增。相信他是世界上最幸福的人。我想若是有什么办法能使我变成他，我肯定不惜一切代价；如果我来世能有那样一个健美的躯体，今生这一身残病的折磨也就得了足够的报偿。

奥运会上，约翰逊战胜刘易斯的那个中午我难过极了，心里别别扭扭别别扭扭的一直到晚上，夜里也没睡好觉。眼前老翻腾着中午的场面：所有的人都在向约翰逊欢呼，所有的旗帜和鲜花都向约翰逊挥舞，浪潮般的记者们簇拥着约翰逊走出比赛场，而刘易斯被冷落在一旁。刘易斯当时那茫然若失的目光就像个可怜的孩子，让我一阵阵心疼。一连几天我都闷闷不乐，总想着刘易斯此刻会怎样痛苦，不愿意再看电视里重播那个中午的比赛，不愿意听别人谈论这件事，甚至替刘易斯嫉妒着约翰逊，在心里找很多理由向自己说明还是刘易斯最棒；自然这全无济于事，我竟然比刘易斯还败得惨，还迷失得深重。这岂不是怪事么？在外人看来这岂不是发精神病么？我慢慢去想其中的原因。是因为一个美的偶像被打碎了么？如果仅仅是这样，我完全可以惋惜一阵再去树立起约翰逊嘛，约翰逊的雄姿并不比刘易斯逊色。是因为我这人太恋旧骨子里太保守吗？可是我非常明白，后来者居上是最应该庆祝的事。或者是刘易斯没跑好让我遗憾？可是九秒九二是他最好的成绩。到底为什么呢？最后我知道了：我看见了所谓"最幸福的人"的不幸，刘易斯那茫然的目光使我的"最幸福"的定义动摇了继而粉碎了。上帝从来不对任何人施舍"最幸福"这三个字，他在所有人的欲望前面设下永恒的距离，公平地给每一个人以局限。如果不能在超越自我局限的无尽路途上去理解幸福，那么史铁生的不能跑与刘易斯的不能跑得更快就完全等同，都是沮丧与痛苦的根源。假若刘易斯不能懂得这些事，我相信，在前述那个中午，他一定是世界上最不幸的人。

在百米决赛后的第二天，刘易斯在跳远决赛中跳出了八米七二，他是个好样的。看来他懂，他知道奥林匹斯山上的神火为何而燃烧，那不是为了一个人把另一个人战败，而是为了有机会向诸神炫耀人类的不屈，命定的局限尽可永在，不屈的挑战却不可须臾或缺。我不敢说刘易斯就是这样，但我希望刘易斯是这样，我一往情深地喜爱并崇拜这样一个刘易斯。

这样，我的白日梦就需要重新设计一番了。至少我不再愿意用我领悟到的这一切，仅仅去换一个健美的躯体，去换一米九以上的身高和九秒七九乃至九秒六九的速度，原因很简单，我不想在来世的某一个中午成为最不幸的人；即使人可以跑出九秒五九，也仍然意味着局限。我希望既有一个健美的躯体又有一个了悟了人生意义的灵魂，我希望二者兼得。但是，前者可以祈望上帝的恩赐，后者却必须在千难万苦中靠自己去获取——我的白日梦到底该怎样设计呢？千万不要说，倘若二者不可兼得你要哪一个？不要这样说，因为人活着必要有一个最美的梦想。

后来得知，约翰逊跑出了九秒七九是因为服用了兴奋剂。对此我们该说什么呢？我在报纸上见了这样一条消息：他的牙买加故乡的人们说："约翰逊什么时候愿意回来，我们都会欢迎他，不管他做错了什么事，他都是牙买加的儿子。"

这几句话让我感动至深。难道我们不该对灵魂有了残疾的人，比对肢体有了残疾的人，给予更多的同情和爱吗？

1988年

把快乐种在心里

梁实秋

天下最快乐的事大概莫过于做皇帝。“首出庶物，万国咸宁”。至不济可以生杀予夺，为所欲为。至于后宫粉黛三千，御膳八珍罗列，更是不在话下。

清乾隆皇帝，“称八旬之觞，镌十全之宝”，三下江南，附庸风雅。那副志得意满的神情，真是不能不令人兴起 “大丈夫当如是也” 的感喟。在穷措大眼里，九五之尊，乐不可支。但是试起古今中外的皇帝于地下，问他们一生中是否全是快乐，答案恐怕相当复杂。西班牙国王拉曼三世（Abder Rahman Ⅲ，960）说过这么一段话：我于胜利与和平之中统治全国约五十年，为臣民所爱戴，为敌人所畏惧，为盟友所尊敬。财富与荣誉，权力与享受，呼之即来，人世间的福祉，从不缺乏。在这情形之中，我曾勤加计算，我一生中纯粹的真正幸福日子，总共仅有十四天。御宇五十年，仅得十四天真正幸福日子。我相信他的话，宸谟睿略，日理万机，很可能不如闲云野鹤之怡然自得。于此我又想起从一本英语教科书上读到一篇寓言。题目是《一个快乐人的衬衫》。某国王，端居大内，抑郁寡欢，虽极耳目声色之娱，而王终不乐。左右纷纷献计，有一位大臣言道：如果在国内找到一位快乐的人，把他的衬衫脱下来，给国王穿上，国王就会快乐。王韪其言，于是使者四出寻找快乐的人，访遍了朝廷显要，朱门豪家，人人都有心事，家家都有一本难念的经，都不快乐。最后找到一位农夫，他耕罢在树下乘凉，裸着上身，大汗淋漓。使者问他："你快乐么？" 农夫说："我自食其力，无忧无虑！快乐极了！"使者大喜，便索取他的衬衣。农夫说："哎呀！我没有衬衣。" 这位农夫颇似我们的禅门之 "一丝不挂"。常言道，"境由心生"，又说 "心本无生因境有"。总之，快乐是一种心理状态。内心湛然，则无往而不乐。吃饭睡觉，稀松平常之事，但是其中大有道理。大珠《顿悟入道要门论》："有源律师来问：'和尚修道，还用功否？'师曰：'用功。'曰：

‘如何用功？’师曰：‘饥来吃饭，困来即眠。’曰：‘一切人总如是，同师用功否？’师曰：‘不同。’曰：‘何故不同？’师曰：‘他吃饭时不肯吃饭，百种须索，睡时不肯睡，千般计较。所以不同也。’律师杜口。”可是修行到心无挂碍，却不是容易事。我认识一位唯心论的学者，平素昌言意志自由，忽然被人绑架，系于暗室十有余日，备受凌辱，释出后他对我说：“意志自由固然不诬，但是如今我才知道身体自由更为重要。”常听人说烦恼即菩提，我们凡人遇到烦恼只是深感烦恼，不见菩提。快乐是在心里，不假外求，求即往往不得，转为烦恼。叔本华的哲学是：苦痛乃积极的实在的东西，幸福快乐乃消极的根本不存在的东西。所谓快乐幸福乃是解除苦痛之谓。没有苦痛便是幸福。再进一步看，没有苦痛在先，便没有幸福在后。梁任公先生曾说：“人生最快乐的事，莫过于看着一件工作的完成。”在工作过程之中，有苦恼也有快乐，等到大功告成，那一份“如愿以偿”的快乐便是至高无上的幸福了。有时候，只要把心胸敞开，快乐也会逼人而来。这个世界，这个人生，有其丑恶的一面，也有其光明的一面。良辰美景，赏心乐事，随处皆是。智者乐水，仁者乐山。雨有雨的趣，晴有晴的妙，小鸟跳跃啄食，猫狗饱食酣睡，哪一样不令人看了觉得快乐？就是在路上，在商店里，在机关里，偶尔遇到一张笑容可掬的脸，能不令人快乐半天？有一回我住进医院里，僵卧了十几天，病愈出院，刚迈出大门，陡见日丽中天，阳光普照，照得我睁不开眼，又见市廛熙攘，光怪陆离，我不由得从心里欢叫起来："好一个艳丽盛装的世界！"

"幸遇三杯酒美，况逢一朵花新？" 我们应该快乐。

致沈从文

林徽因

二哥：

世间事有你想不到的那么古怪，你的信来的时候正遇到我双手托着头在自恨自伤的一片苦楚的情绪中熬着。在廿四个钟头中，我前前后后，理智地，客观地，把许多纠纷痛苦和挣扎或希望或颓废的细目通通看过好几遍，一方面展开事实观察，一方面分析自己的性格情绪历史，别人的性格情绪历史，两人或两人以上互相的生活，情绪和历史，我只感到一种悲哀，失望，对自己对生活全都失望无兴趣。我觉到像我这样的人应该死去；减少自己及别人的痛苦！这或是暂时的一种情绪，一会儿希望会好。

在这样的消极悲伤的情景下，接到你的信，理智上，我虽然同情你所告诉我你的苦痛（情绪的紧张），在情感上我却很羡慕你那么积极那么热烈，那么丰富的情绪，至少此刻同我的比，我的显然萧条颓废消极无用。你的是在情感的尖锐上奔进！

可是此刻我们有个共同的烦恼，那便是可惜时间和精力，因为情绪的盘旋而耗废去。

你希望抓住理性的自己，或许找个聪明的人帮忙整理一下你的苦恼或是“横溢的情感”，设法把它安排妥帖一点，你竟找到我来，我懂得的，我也常常被同种的纠纷弄得左不是右不是，生活掀在波澜里，盲目地同危险周旋，累得我既为旁人焦灼，又为自己操心，又同情于自己又很不愿意宽恕放任自己。

不过我同你有大不同处：凡是在横溢奔放的情感中时，我便觉到抓住一种生活的意义，即使这横溢奔放的情感所发生的行为上纠纷是快乐与苦辣对渗的性质，我也不难过不在乎。我认定了生活本身原质是矛盾的，我只要生活；体验到极端的愉快，灵质的，透明的，美丽的近于神话理想的快活，以下我情愿也随着赔偿这天赐的幸福，埋在悲痛，纠纷，失望，无望，寂寞中捱过若干时候，好像

等自己的血来在创伤上结痂一样！一切我都在无声中忍受，默默地等天来布置我，没有一句话说！（我且说说来给你做个参考）

我所谓极端的，浪漫的或实际的都无关系，反正我的主义是要生活，没有情感的生活简直是死！生活必须体验丰富的情感，把自己变成丰富，宽大，能优容，能了解，能同情种种"人性"，能懂得自己，不苛责自己，也不苛责旁人，不难自己以所不能，也不难别人所不能，更不愿运命或是上帝，看清了世界本是各种人性混合做成的纠纷，人性又就是那么一回事，脱不掉生理，心理，环境，习惯，先天特质的凑合！把道德放大了讲，别裁判或裁削自己。任性到损害旁人时如果你不忍，你就根本办不到任性的事（如果你办得到，那你那种残忍，便是你自己性格里的一点特性，也用不着过分地去纠正），想做的事太多，并且互相冲突时，拣最想做——想做到顾不得旁的牺牲——的事做，未做时心中发生纠纷是免不了的，做后最用不着后悔，因为你既会去做，那桩事便一定是不可免的，别尽着罪过自己。

我方才所说到极端的愉快，灵质的，透明的，美丽的快乐，不知道你有否同一样感觉。我的确有过，我不忘却我的幸福。我认为最愉快的事都是——闪亮的，在一段较短的时间内迸出神奇的—如同两个人透彻地了解，一句话打到你心里，使得你理智和感情全觉到一万万分满足；如同相爱，在一个时候里，你同你自身以外另一个人互相以彼此存在为极端的幸福；如同恋爱，在那时那刻眼所见，耳所听，心所触无所不是美丽，情感如诗歌自然地流动，如花香那样不知其所以。这些种种便都是一生中不可多得的瑰宝。世界上没有多少人有那机会，且没有多少人有那种天赋的敏感和柔情来尝味那经验，所以就有那种机会也无用。如果有如诗剧神话般的实景，当时当事者本身却没有领会诗的情感又如何行？即使有了，只是浅俗的赏月折花的限量那又有什么话说？！转过来说，对悲哀的敏感容量也是生活中可贵处。当时当事，你也许得流出血泪，过去后那些在你经验中也是不可鄙视的创痂。（此刻说说话，我倒暂时忘记了我昨天到今晚已哭了廿四小时，中间仅仅睡着三四个钟头，方才在过分的失望中颓废着觉到浪费去时间精力，很使自己感叹。）在夫妇中间为着相爱纠纷自然痛苦，不过那种痛苦也是夹着极端丰富的幸福在内的。冷漠不关心的夫妇结合才是真正的悲剧！

如果在“横溢情感”和“僵死麻木的无情感”中叫

我来拣一个，我毫无问题要拣上面的一个，不管是为我自己或是为别人。人活着的意义基本的是在能体验情感。能体验情感还得有智慧有思想来分别了解那情感——自己的或别人的！如果再能表现你自己所体验所了解的种种在文字上——不管那算是宗教或哲学，诗，或是小说，或是社会学论文——（谁管那些）——使得别人也更得点人生意义，那或许就是所有的意义了——不管人文明到什么程度，天文地理科学的通到那里去，这点人性还是一样的主要，一样的是人生的关键。

在一些微笑或皱眉印象上称较分量，在无边际人事上驰骋细想正是一种生活。

算了吧！二哥，别太虐待自己，有空来我这里，咱们再费点时间讨论讨论它，你还可以告诉我一点实在情形。我在廿四小时中只在想自己如何消极到如此田地苦到如此如此，而使我苦得想去死的那个人自己在去上海火车中也苦得要命，已经给我来了两封电报一封信，这不是“人性”的悲剧么？那个人便是说他最不喜管人性的梁二哥！

徽因（一九三四年二月二十七日）

你一定得同老金（指金岳霖）谈谈，他真是能了解同时又极客观极同情极懂得人性，虽然他自己并不一定会提起他的历史。

随便翻翻

鲁　迅

我想讲一点我的当作消闲的读书——随便翻翻。但如果弄得不好，会受害也说不定的。

我最初去读书的地方是私塾，第一本读的是《鉴略》，桌上除了这一本书和习字的描红格，对字（这是做诗的准备）的课本之外，不许有别的书。但后来竟也慢慢的认识字了，一？认识字，对于书就发生了兴趣，家里原有两三箱破烂书，于是翻来翻去，大目的是找图画看，后来也看看文字。这样就成了习惯，书在手头，不管它是什么，总要拿？来翻一下，或者看一遍序目，或者读几叶内容，到得现在，还是如此，不用心，不费力，往往在作文或看非看不可的书籍之后，觉得疲劳的时候，也拿这玩意来作消遣了，而且它也的确能够恢复疲劳。

倘要骗人，这方法很可以冒充博雅。现在有一些老实人，和我闲谈之后，常说我书是看得很多的，略谈一?下，我也的确好像书看得很多，殊不知就为了常常随手翻翻的缘故，却并没有本本细看。还有一种很容易到手的秘本，是《四库书目提要》，倘还怕繁，那么，《简?明目录》也可以，这可要细看，它能做成你好像看过许多书。不过我也曾用过正经工夫，如什么“国学”之类，请过先生指教，留心过学者所开的参考书目。结果都不满意。有些书目开得太多，要十来年才能看完，我还疑心他自己就没有看；只开几部的较好，可是这须看这位开书目的先生了，如果他是一位胡涂虫，那 么，开出来的几部一定也是极顶胡涂书，不看还好，一看就胡涂。

我并不是说，天下没有指导后学看书的先生，有是有的，不过很难得。

这里只说我消闲的看书——有些正经人是反对的，以为这么一来，就“杂”！“杂”，现在又算是很坏的形容词。但我以为也有好处。譬如我们看一家的陈年账 簿，每天写着“豆付三文，青菜十文，鱼五十文，酱油一文”，就知先前这几个钱就可买一天的小菜，吃够一家；看一本旧历本，写着“不宜出行，不宜沐浴，不宜 上梁”，就知道先前是有这么多的禁忌。看见了宋人笔记里的“食菜事魔”，明人笔记里的“十彪五虎”，就知道“哦呵，原来‘古已有之’。”但看 完一部书，都是些那时的名人轶事，某将军每餐要吃三十八碗饭，某先生体重一百七十五斤半；或是奇闻怪事，某村雷劈蜈蚣精，某妇产生人面蛇，毫无益处的也 有。这时可得自己有主意了，知道这是帮闲文士所做的书。凡帮闲，他能令人消闲消得最坏，他用的是最坏的方法。倘不小心，被他诱过去，那就坠入陷阱，后来满 脑子是某将军的饭量，某先生的体重，蜈蚣精和人面蛇了。

讲扶乩的书，讲婊子的书，倘有机会遇见，不要皱起眉头，显示憎厌之状，也可以翻？一翻；明知道和自己意见相反的书，已经过时的书，也用一样的办法。例如杨光先的《不得已》是清初的著作，但看起来，他的思想是活着的，现在意见和他？相近的人们正多得很。这也有一点危险，也就是怕被它诱过去。治法是多翻，翻来翻去，一多翻，就有比较，比较是医治受骗的好方子。乡下人常常误认一种硫化铜？为金矿，空口是和他说不明白的，或者他还会赶紧藏起来，疑心你要白骗他的宝贝。但如果遇到一点真的金矿，只要用手掂一掂轻重，他就死心塌地：明白了。

“随便翻翻”是用各种别的矿石来比的方法，很费事，没有用真的金矿来比的明白，简单。我看现在青年的常在问人该读什么书，就是要看一看真金，免得受硫化铜的欺骗。而且一识得真金，一面也就真的识得了硫化铜，一举两得了。

但这样的好东西，在中国现有的书里，却不容易得到。我回忆自己的得到一点知识，真是苦得可怜。幼小时候，我知道中国在“盘古氏开辟天地”之后，有三皇五帝，……宋朝，元朝，明朝，“我大清”。到二十岁，又听说“我们”的成吉思汗征服欧洲，是“我们”最阔气的时代。到二十五岁，才知道所谓这 “我们”最阔气的时代，其实是蒙古人征服了中国，我们做了奴才。直到今年八月里，因为要查一点故事，翻了三部蒙古史，这才明白蒙古人的征服“斡罗思”，侵入匈奥，还在征服全中国之前，那时的成吉思还不是我们的汗，倒是俄人被奴的资格比我们老，应该他们说“我们的成吉思汗征服中国，是我们最阔气的 时代”的。

我久不看现行的历史教科书了，不知道里面怎么说；

但在报章杂志上，却有时还看见以成吉思汗自豪的文章。事情早已过去了，原没？有什么大关系，但也许正有着大关系，而且无论如何，总是说些真实的好。所以我想，无论是学文学的，学科学的，他应该先看一部关于历史的简明而可靠的书。但？如果他专讲天王星，或海王星，虾蟆的神经细胞，或只咏梅花，叫妹妹，不发关于社会的议论，那么，自然，不看也可以的。

我自己，是因为懂？一点日本文，在用日译本《世界史教程》和新出的《中国社会史》应应急的，都比我历来所见的历史书类说得明确。前一种中国曾有译本，但只有一本，后五本不译了，译得怎样，因为没有见过，不知道。后一种中国倒先有译本，叫作《中国社会发展史》，不过据日译者说，是多错误，有删节，靠不住的。

我还在希望中国有这两部书。又希望不要一哄而来，一哄而散，要译，就译他完；也不要删节，要删节，就得声明，但最好还是译得小心，完全，替作者和读者想一想。

十一月二日

售书记

郑振铎

嗟食何如售故书，疗饥分得蠹虫余。

丹黄一付绛云火，题跋空传士礼居。

展向晴窗胸次了，抛残午枕梦回初。

莫言自有屠龙技，剩作天涯裨贩徒。

以上是一个旧友的售书诗，这个旧友和我常在古书店里见到。从前，大家都买书，不免带点争夺的情形，彼此有些猜忌，劫中，我卖书，他也卖书，见了面，大家未免常常叹气，谈着从来不会上口的柴米油盐的问题。他先卖石印书，自印的书，然后卖明清刊本的书。

后来，便不常在古书店见到他了，大约书已卖得差不多，不是改行做别的事，便是守在家里不出门。关于他，有种种的传说。我心里很难过，实在不愿意在这里再提起，这是一位在这个大时代里最可惜、惨酷的牺牲者。但写下他抄给我的这首诗时，我不能不黯然！

说到售书，我的心境顿时要阴晦起来。谁想得到，从前高高兴兴，一部部，一本本，收集起来，每一部书，每一本书，都有它的被得到的经过和历史：这一本书是从那一家书店里得到的，那一部书是如何的见到了，一时踌躇未取，失去了，不料无意中又获得之；那一部书又是如何的先得到一二本，后来，好容易方才从某书店的残书堆里找到几本，恰好配全，配全的时候，心里是如何的喜悦；也有永远配不全的，但就是那残帙也很可珍重，古宫的断垣残刻，不是也足以令人留连忘返么；那一本书虽是薄帙，却是孤本单行，极不易得；那一部书虽是同光间刊本，却很不多见；那一本书虽已收入某丛书中，这本却是单刻本，与丛书本异同甚多；那一部书见于禁书目录，虽为陋书，亦自可贵。至于明刊精本，黑口古装者，万历竹纸，传世绝罕者，与明清史料关系极巨者，稿本手迹，从无印本者，等等。则更是见之心暖，读之色舞。虽绝不巧取豪夺，却自有其争斗与购取之阅历。

差不多每一本，每一部书于得之之时都有不同的心境，不同的作用。为什么舍彼取此，为什么前弃今取，在自己个人的经验上，也各自有其理由。譬如，二十年前，在中国书店见到一部明刊蓝印本《清明集》和一部道光刊本“小四梦”，价各百金，我那时候倾囊只有此数，那末，还是购“小四梦”吧。因为我弄中国戏曲史，“小四梦”是必收之书。然而在版本上，或在藏书家的眼光看来，那《清明集》，一部极罕见的古法律书，却是如何的珍奇啊！从前，我不大收清代的文集，但后来觉得有用，便又开始大量收购了。从前，对于词集有偏嗜，有见必收，后来，兴趣淡了些，便于无意中失收了不少好词集。

凡此种种，皆寄托着个人的感情。如鱼饮水，冷暖自知。谁想得到，凡此种种，费尽心力以得之者，竟会出以易米么？谁更会想得到，从前一本本，一部部书零星收得，好容易集成一类，堆作数架者，竟会一捆捆，一箱箱地拿出去卖的么？我从来不肯好好地把自己的藏书编目，但在出卖的时候，买书的要先看目录，便不能不咬紧牙关，硬了头皮去编。编目的时候，觉得部部书本本书都是可爱的，都是舍不得去的，都是对我有用的，然而又不能不割售。摩挲着，仔细地翻看着，有时又摘抄了要用的几节几段，终于舍不得，不愿意把它上目录。但经过了一会，究竟非卖钱不可，便又狠了狠心，把它写上。在劫中，像这样的“编目”，不止三两次了。特别在最近的两年中，光景更见困难了，差不多天天都在打“书”的主意，天天在忙于编目。假如天还不亮的话，我的出售书目又要从事编写了。

总是先去其易得者，例如《四部丛刊》，百衲本《廿四史》之类。《四部丛刊》，连二三编，我在前年，只卖了伪币四万元，百衲本《廿四史》，只卖了伪币一万元。谁想得到，在今年今日，要想再得到一部，便非花了整年的薪水还不够么？只好从此不作收藏这一类大部书的念头了。最伤心的是，一部石印本《学海类编》，我不时要翻查，好几次书友们见到了，总要怂恿我出卖，我实在舍不得。但最后，却也不得不卖了。卖得的钱，还不够半个月花，然而如今再求得一部，却也已非易了。其后，卖了一大批明本书，再后来，又卖了八百多种清代文集，最后，又卖了好几百种清代总集文集及其他杂书。大凡可卖的，几乎都已卖尽了！所万万舍不得割弃的是若干目录书，词曲书，小说书和版画书。最后一批，拟目要去的便是一批版画书。

天幸胜利来得恰如其时，方才保全了这一批万万舍不得去的东西。否则，再拖长了一年半载，恐怕连什么也都要售光了。但我虽然舍不得与书相别，而每当困难的时光，总要打它的主意，实在觉得有点对不起它！

如果把积“书”当作了囤货——有些暴发户实在有如此的想头，而且也实在如此的做，听说，有一个人，所囤积的《四部丛刊》便有廿余部——那么，售去倒也没有什么伤心。不幸，我的书都是“有所谓”而收集起来的，这样的一大批一大批的“去”，怎么能不痛心呢？售去的不仅是“书”，同时也是我的“感情”，我的“研究工作”，我的“心的温暖”！当时所以硬了心肠要割舍它，实在是因为“别无长物”可去。不去它，便非饿死不可。在饿死与去书之间选择一种，当然只好去书。我也有我的打算，每售去一批书，总以为可以维持个半年或一年。但物价的飞涨，每每把我的计划全部推翻了。所以只好不断地在编目，在出售；不断地在伤心，有了眼泪，只好往肚里倒流下去。忍着，耐着，叹着气，不想写，然而又不能不一部部地编写下去。那时候，实在恨自己，为什么从前不藏点别的，随便什么都可以，偏要藏什么劳什子的书呢？曾想告诉世人说，凡是穷人，凡是生活不安定的人，没有恒产、资产的人，要想储蓄什么，随便什么都可以，只千万不要藏书。

书是积藏来用，来读的，不是来卖的。卖书时的惨楚的心情实在受得够了！到了今天，我心上的创伤还没有愈好；凡是要用一部书，自己已经售了去的，想到书店里去再买一部，一问价，只好叹口气，现在的书已经不是我辈所能购致的了。这又是用手去剥创疤的一个刺激。索性狠了心，不进书店，也决心不再去买什么书了。书兴阑珊，于今为最。但书生结习，扫荡不易，也许不久还会发什么收书的雅兴罢。

但究竟不能不感谢“书”，它竟使我能够度过这几年难度的关头。假如没有“书”，我简直只有饿死的一条路走！

买　书

朱自清

买书也是我的嗜好，和抽烟一样。但这两件事我其实都不在行，尤其是买书。在北平这地方，像我那样买，像我买的那些书，说出来真寒碜死人；不过本文所要说的既非诀窍，也算不得经验，只是些小小的故事，想来也无妨的。

在家乡中学时候，家里每月给零用一元。大部分都报效了一家广益书局，取回些杂志及新书。那老板姓张，有点儿抽肩膀，老是捧着水烟袋；可是人好，我们不觉得他有市侩气。他肯给我们这班孩子记账。每到节下，我总欠他一元多钱。他催得并不怎么紧；向家里商量商量，先还个一元也就成了。那时候最爱读的一本《佛学易解》（贾丰臻著，中华书局印行）就是从张手里买的。

那时候不买旧书，因为家里有。只有一回，不知哪儿捡来《文心雕龙》的名字，急着想看，便去旧书铺访求：有一家拿出一部广州套版的，要一元钱，买不起；后来另买到一部，书品也还好，纸墨差些，却只花了小洋三角。这部书还在，两三年前给换上了磁青纸的皮儿，却显得配不上。

到北平来上学入了哲学系，还是喜欢找佛学书看。那时候佛经流通处在西城卧佛寺街鹫峰寺。在街口下了车，一直走，快到城根儿了，才看见那个寺。那是个阴沉沉的秋天下午，街上只有我一个人。到寺里买了《因明入正理论疏》《百法明门论疏》《翻译名义集》等。这股傻劲儿回味起来颇有意思；正像那回从天坛出来，挨着城根，独自个儿，探险似的穿过许多没人走的碱地去访陶然亭一样。在毕业的那年，到琉璃厂华洋书庄去，看见新版韦伯斯特大字典，定价才十四元。可是十四元并不容易找。想来想去，只好硬了心肠将结婚时候父亲给做的一件紫毛（猫皮）水獭领大氅亲手拿着，走到后门一家当铺里去，说当十四元钱。柜上人似乎没有什么留难就答应了。这件大氅是布面子，土式样，领子小而毛杂——原是用了两副

“马蹄袖”拼凑起来的。父亲给做这件衣服，可很费了点张罗。拿去当的时候，也踌躇了一下，却终于舍不得那本字典。想着将来准赎出来就是了。想不到竟不能赎出来，这是直到现在翻那本字典时常引为遗憾的。

重来北平之后，有一年忽然想搜集一些杜诗。一家小书铺叫文雅堂的给找了不少，都不算贵；那伙计是个麻子，一脸笑，是铺子里少掌柜的。铺子靠他父亲支持，并没有什么好书，去年他父亲死了，他本人不大内行，让伙计吃了，现在长远不来了，他不知怎么样。说起杜诗，有一回，一家书铺送来高丽本《杜律分韵》，两本书，索价三百元。书极不相干而索价如此之高，荒谬之至，况且书面上原购者明明写着“以银二两得之”。第二天另一家送来一样的书，只要二元钱，我立刻买下。北平的书价，离奇有如此者。

旧历正月里厂甸的书摊值得看；有些人天天巡礼去。我住得远，每年只去一个下午——上午摊儿少。土地祠内外人山人海摩肩接踵地来往。也买过些零碎东西；其中有一本是《伦敦竹枝词》，花了三毛钱。买来以后，恰好《论语》要稿子，选抄了些寄去，加上一点说明，居然得着五元稿费。这是仅有的一次，买的书赚了钱。

在伦敦的时候，从寓所出来，走过近旁小街。有一家小书店门口摆着一架旧书。上前去徘徊了一下，看见一本《牛津书话选》（*The Book-Lovers' Anthology*），烫花布面，装订不马虎，四百多面，本子也不小，准有七八成新，才一先令六便士，那时合中国一元三毛钱，比东安市场旧洋书还贱些。这选本节录许多名家诗文，说到书的各方面的；性质有点像叶德辉氏《书林清话》，但不像《清话》有系统；他们旨趣原是两样的。因为买这本书，结识了那掌柜的；他以后给我找了不少便宜的旧书。有一种书，他找不到旧的；便和我说，他们批购新书按七五扣，他愿意少赚一扣，按九扣卖给我。我没有要他这么办，但是很感谢他的好意。